KB165179

세상을
향해
나아가는
너에게

권민석 엮음

세상을 향해 나아가는 너에게

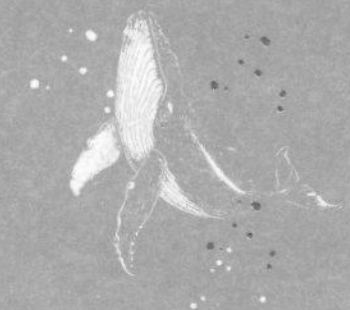

새로운 시작을
앞둔 사람들에게
꼭 필요한 조언

큰나무

들어가는 글。

소중히 선사하고 싶은 책

해마다 1~2월이면 고등학교를 졸업하는 많은 청춘이 사회로 쏟아져 나온다. 졸업이라는 영광을 축하받고 자축한 이들은 대학에 진학하거나 직장인이 되고, 또는 진로를 정하기 위해 다양한 경로를 탐색하며 세상에 나아간다.

다소 혼란스럽고 우왕좌왕 갈피를 잡지 못했던 예전의 졸업식을 떠올리는 한 사람의 어른으로서 나는 이들에게 해줘야 할 이야기가 있다고 생각했다. 이들의 미래에 대해, 앞으로 무엇을 하며 어떻게 살아가야 할지에 대해 길잡이가 될 만한 조언을 아끼지 않는 것이 어른의 도리라는 책임감도 느낀다.

그래서 말해주고 싶었다. 과거의 추억을 소중히 간직하고 미래를 향해 꾸준히 전진해 나가라고. 그 과거를 만들어준 선생님, 부모님, 친구들에 대한 고마움을 잊지 말라고. 성공의 의미를 단순히 세상에 드러나는 데서만 찾을 게 아니라 성공적인 인생의 의미로까지 확대해 곰곰이 생각하며 살라고. 나아가 인생이란 무엇인지, 어떻게 하면 각자의 인생을 마지막 심지까지 불태우며 멋있게 살 것인지도 생각해보라고.

그런데 막상 그런 이야기를 하자니 근사하고 멋지게 들려주고 싶다는 욕심이 생겼다. 이 책에 핵심을 찌르는 명언과 친근하면서 따뜻한 시, 직설적이고 시니컬한 면도 있지만 다정함으로 가득한 멋진 조언을 추려 싣는 것은 말로는 다 하기 어려운 나 같은 어른들의 마음을 대변해주리라 믿기 때문이다.

이제 막 고등학교를 졸업하고 세상에 나아가는 너에게 축하의 마음을 담아 이 책을 선사한다.

차례。

과거에서 벗어나며 7

가능성을 만들어준 사람들 선생님, 친구, 부모님 25

성공의 의미 59

인생의 의미 97

최고의 조언 113

미래를 향한 꿈 157

저 높은 이상을 향하여 187

부름을 따라서 223

과거에서
벗어나며

1.

지나간 것은 서막에 불과하다.

윌리엄 셰익스피어 William Shakespeare

졸업식 날, 그대가 사랑하는 사람들을 둘러보라. 그대 안에 있던 잠재력을 최대한 일깨워주었던 급우들과 친구들과 가족들을 가슴에 품어보라. 영원히 지워지지 않을 기억의 공간에 그들을 간직하고 복구 데이터를 만들어라. 그대가 사랑하는 사람들을 기억할 때 그대는 자신이 어떤 존재인지 알게 될 것이며, 그대가 어떤 존재인지를 기억할 수만 있다면 이 세상에서 그대가 하지 못할 일도 없을 것이다.

_ 캐시 가이스와이트 Cathy Guisewit

행복의 문이 닫히면 또 다른 행복의 문이 열리고,
닫히면 또 다른 문이 열리고, 그렇게 닫히면 거듭 열리건만
인간은 닫힌 문에만 너무 오래 시선을 고정시키는 바람에 이미
인간을 위해 무수히 열려 있는 많은 문을 보지 못하게 된다.

헬렌 켈러 Helen Keller

지구는 둥글기에 어쩌면 끝이라고 생각되는 곳이

바로 출발점일 경우가 많다.

아이비 베이커 Ivy Baker

당신이 살아온 날들을 돌아보라.

당신이 진정으로 삶을 만끽한 순간들은 당신이 사랑으로

충만한 채 즐겁게 일했던 바로 그 순간들이지 않은가!

헨리 드러먼드 Henry Drummond

아무리 교육의 중요성에 대해 많은 이야기를 들었다 해도 어릴 적부터 마음속에 고이 간직해온 몇몇 아름답고도 고결한 추억이야말로 교육 중에서도 최고의 교육일 것이다. 인생을 살아오면서 그러한 거룩한 추억을 하나둘 마음속에 모아두는 사람은 남은 생 동안 일종의 구원의 손길로부터 보살핌을 받으며 지내게 된다. 심지어 가슴속에 단 하나의 소중한 추억이라도 간직해온 사람은 반드시 어느 날 그 추억으로 인해 구원받을 것이다.

_ 표도르 도스토옙스키 Fyodor Dostoyevsky

후회

엠마 라자루스 Emma Lazarus

하늘은 조용하고 맑은 뭉게구름 사이로 촉촉한 대지를 비춰줄
유월의 포근한 햇살이 언제라도 열릴 듯하네
슬픔은 다 증발해버리고
냇가에 넘쳐흐르는 물소리에도 아무 비애가 들리지 않네
잔잔하고 고요한 허공에도 그 어떤 통한의 기미가 없고
꿈같이 몽롱한 눈망울에는 기대가 가득 차 있네

단지 숭고한 아침의 아름다움이 사라졌다는
담담하고 희미한 후회만 있을 뿐이네
다가올 더 환한 즐거운 나날의 햇살에 대한
간절한 열망을 식혀주려는 듯
한 차례 소낙비가 풀과 옥수수 잎새를 한바탕 흔들었네
대지는 그늘지고 젖은 채 근엄한 모습으로 있네

다시 행복에 젖은 영혼이 머물 공간이라네
부서지지 않을 축복의 순결한 지금의 만족감에서
후회나 고통 없는 미래에 대한 희망에 이르기까지
그리고 지나간 과거에로 나의 명상이 머무네

지금의 순간은 안개와 구름과 비에 둘러싸여
완전히 끝나지 않았기에
그러기에 더 달콤한 숨결로 과거에 잠기네

오늘로써 내일을 밝혀라.

엘리자베스 바레트 브라우닝 Elizabeth Barrett Browning

~

지나간 나날을 슬픈 눈으로 돌아보지 말라.
현명한 자는 현재를 개척해가며, 현재는 그대의 몫이다.
아무 두려움 없이 대장부의 가슴으로
안개에 가려진 희미한 미래를 향해 전진하는 것이다.

헨리 워즈워스 롱펠로 Henry Wadsworth Longfellow

~

우리가 한 것에 대한 후회는 시간이 지나면 수그러진다.
진정 시간이라는 약으로도 누그러지지 않는 후회는 우리가
전혀 해보지도 않은 것들에 대한 후회다.

시드니 F. 해리스 Sydney F. Harris

~

인간은 두 도둑에게 몹시도 시달리는데, 지난날에 대한
후회라는 도둑과 다가올 날에 대한 두려움이라는 도둑이다.

폴턴 오슬러 Fulton Oursler

무엇을 후회한단 말인가. 과거는 지나갔고 되풀이된다 한들
얻을 것이라고는 없다. 단지 과거를 통해 우리가 획득한 경험은
어느 것 하나 버릴 게 없으며 꼭 새겨둬야 할 것들이다.

레베카 비어드 Rebecca Beard

나는 고등학교 동창회에 한 번도 가본 적이 없다.
안 보면 멀어지게 되어 있다는 것이 나의 지론이고, 그것이 나의 인생관이다. 나의 과거 중에서 단 한 번도 낭만적이라고 말할 수 있는 시절은 없었다. 나에게 과거는 단지 정신 심리학적으로 내게 많은 즐거움과 가르침을 주었다는 데 의의가 있을 뿐이다.
그렇다고 내가 과거를 믿는다는 뜻은 아니다. 나에게는 과거보다는 오로지 현재, 이 시간에 내가 하는 일에 흥미를 느끼고 관심이 있다는 사실만이 중요하다.

존 레논 John Lennon

어제는 오늘의 추억이고 내일은 오늘의 꿈이다.

칼릴 지브란 Kahlil Gibran

행복의 첫 번째 비결은

과거에 너무 오래 머물지 않는 것이다.

앙드레 모루아 Andre Maurois

~

신은 우리에게 추운 12월에도 고운 장미꽃을

가질 수 있다는 추억을 만들어주었다.

제임스 매튜 배리 James Matthew Barrie

~

과거는 달콤한 향기만 남기고 이미 죽었다.

에드워드 토머스 Edward Thomas

~

좋았던 옛 시절은 당신이 생각하는 것보다 결코 좋은 날들이 아니다. 내 말을 믿어라. 오늘 맞는 이 새로운 날이 좋은 날이고 더 나은 날은 다가오는 내일이다. 우리의 가장 위대한 노래는 아직 불리지 않았다.

_ 허버트 H. 험프리 Hubert H. Humphrey

화려한 퇴장

엘렌 굿맨 Ellen Goodman

화려한 퇴장에도 비결이 있는 법이다. 직업과 생활의 무대와 서로의 관계가 막을 내리고 떠나보내야 한다는 점을 분명한 시각으로 시인하는 데서부터 화려한 퇴장은 시작된다. 인간의 삶에서 은퇴는 많은 것을 가르쳐주었고, 과거는 매우 중요한 의미를 지닌다는 점을 적극적으로 인정하며 떠나보내야 한다.

그것은 앞날에 대한 의미도 내포하고 있다. 즉, 모든 출구는 또 다른 입구로 연결되고 계속 행진하는 것이지 결코 이탈한다는 뜻이 아니다. 훌륭히 퇴장한다는 것은 인생을 훌륭하게 사는 비결과도 같다. 물론 인생이란 물리적 일을 계속하는 것이 아니고 기나긴 여정에 무수한 과정의 매듭으로 이어져 있다는 사실을 덤덤히 받아들이기란 쉽지 않을 것이다. 은퇴는 단지 화려했던 유명 선수 생활을 접고 더그아웃으로 내려오거나 사무실 요원으로 근무한다는 것만 뜻하지는 않는다는 점을 진심으로 수긍하기는 무척 어려울 것이다.

우리가 배운 것은 결국 우리 자신의 것이 된다. 경험과 성장은 인생의 등급을 계속 높여가게 한다. 그래서 퇴장할 때 우리 자신도 함께 나가는 것이고, 그것도 매우 화려하게 자기 스스로를 대동하고 퇴장하는 것이다. 자신을 놓아둔 채 퇴장하는 것은 결코 아니다. 은퇴 후에도 우리는 계속 움직이고 배워야 하기에, 인생의 등급을 계속 높여야 하기에, 화려한 퇴장은 또 다른 화려한 시작이기에.

오늘은 당신의 남은 삶의 첫날이다.

애비 호프먼 Abbie Hoffman

머잖아 내가 실제 세상에서 아웃될 것이라는 생각을 하면 온몸에 소름이 돋는다. 나는 지금 겨우 고등학생으로 학교에서 정학을 받지 않으려고 노력 중이며, 재미있게 보내려고 다짐도 하고, 공부도 잘하고 모범생도 되려고 힘쓰는 햇병아리일 뿐이다. 짝꿍처럼 나도 여러 문제를 안고 있다. 그렇다고 모든 문제가 일시에 저절로 해결되기를 바라지는 않는다.

그런데 최근 들어 나는 좀 더 자세히 나를 관찰하기 시작했고, 내가 어떤 사람이 될지에 대해 더 많이 관심을 가지게 되었다. 그러자 나는 깨달았다. 내가 저지른 실수, 사람들에게 입힌 피해, 거짓말, 내가 사랑하는 사람들에게 가한 거칠고 험한 행위들을 참담한 심정으로 자각하게 되었다. 현재로서는 내가 할 수 있는 말이라곤 이것뿐이다.

미안해요. 아직 어리잖아요. 아직 커가는 중이잖아요.

_ 리처드 로렌스 Richard Laurence

모든 출구는 어디에선가는 반드시 입구가 된다.

톰 스토파드 Tom Stoppard

서두르지 말기

에밀리 브라우닝 Emily Browning

오늘 여기 단상 위, 여러분 앞에 서서 저는 감히 졸업생으로서는 할 수 없는 한 가지 고백을 하려 합니다.

저는 서둘러 떠나고 싶지 않습니다. 저는 엄마가 해주는 밥을 계속 먹고 싶고, 깨끗이 다림질해준 교복을 입고 싶으며, 부모님이 제 통신비를 대신 지불해주는 것을 마다하고 싶지 않습니다.

저는 솔직히 예측 가능한 생활이 편안합니다. 저는 항상 제가 가을이면 다닐 학교나 나를 가르칠 선생님들, 그리고 나와 함께 공부할 반 친구들을 잘 알고 있었습니다. 사실 제가 사는 마을은 너무나도 작아서 그 정도는 당연하게 받아들이며, 제가 아는 것이라고는 저라는 존재의 일부분에 지나지 않습니다. 제가 마을을 온종일 뛰어다니며 놀면 십중팔구 나의 신상을 모두 아는 친구들을 반드시 만나게 되어 있다는 사실은 심지어 저를 뿌듯하게까지 합니다.

제가 떠나는 것이 무서워서 이렇게 말한다고 생각할지 모르지만, 지금 제가 느끼는 두려움은 이제껏 제가 경험한 것과는 차원이 다릅니다. 어린 시절 갑자기 어두운 공간에 홀로 갇혀 있을 때, 새벽 두 시에 친한 친구와 공포영화를 볼 때 느끼던 그런 공포가 아닙니다. 지금의 두려움은 첫 데이트를 할 때 느끼는 설렘으로 가득한 그런 떨림이며, 반드시 멋진 만남이 되리라 확신하면서도 마음 한구석에 초조감을 느끼는 그런 상태입니다.

학교에서 보낸 모든 기억과 감정을 더듬어봅니다. 금요일 밤이면 풋볼 경기장 잔디밭에서 느껴지던 그 차가운 냉기를 지금도 생생히 느낄 수 있습니다. 여름이 임박하면 물밀듯 밀려오던 그 흥분들, 거센 비에 젖어버린 포장도로의 그 야릇한 냄새, 비에 젖지 않으려고 강당으로 와르르 밀려들던 사람들의 어수선함과 깔깔거림…….

지난 몇 주일 동안 나와 얘기를 나눈 친구들 대다수는 빨리 졸업식이 끝나서 학교를 영원히 떠나고 싶은 마음에 안달이 나겠지만, 한편으로는 그들도 학교를 돌아보며 어느 정도의 아쉬움과 그리움을 품고 떠날 것입니다. 인생의 한 과정에서 선생님들이 학생들을 떠날 수 있게 도와주는데, 제 경우는 자신감이 선생님의 뜻대로 100% 키워지지는 않은 것 같습니다. 그러나 우리가 그동안 여기서 배워온 인생의 교훈들은 우리를 더 멀리까지 뻗어나가게 할 것입니다.

저는 서둘러 떠나고 싶지 않습니다.

거듭 말하건대 저는 서둘러 떠나고 싶지 않고, 떠나더라도 영화관이 하나쯤 있고 신호등이 두서너 개 정도 있는 한적한 도시에서 시작하고 싶습니다. 제 바람이 너무 초라하다 싶겠지만 그 어느 곳도 여기처럼 편안하지는 않을 것입니다. 우리의 추억을 대신할 수 있는 것은 없으며, 우리는 죽을 때까지 평생 지금의 추억과 동행할 것입니다.

아마도 우리는 처음 우리가 생각한 대로 우리의 자립심만 가지고는 세상을 헤쳐나갈 수 없을지도 모릅니다. 저의 일부분은 항상 이 고등학교가 될 것이라는 생각이 자꾸 듭니다.

제가 어린아이였을 때는 어린아이의 높이에서 생각했고, 차츰 더 많은 것을 알게 되자 저도 그만큼 성장했습니다. 그렇다고 서둘러 떠나고 싶지는 않습니다. 앞으로 우리가 어디로 가게 될지는 알 수 없지만, 지금 바로 여기 이 자리에서 여러분과 함께한 이 순간만은 저에게 가장 귀한 순간입니다.

내일은 우리가 어제로부터 무언가를 배웠기를 바란다.

존 웨인 John Wayne

~

우리가 상실하는 것은 결국 우리 일부가 된다.

여전히 머물러 있는 저 초승달도

구름 잔뜩 낀 밤하늘을 흐르는 달처럼

밀물이 몰려들면

결국엔 다시 하나의 큰 달이 된다.

에밀리 디킨슨 Emily Dickinson

~

그대에게 모든 것이 끝났다고 믿게 되는 날이 올 것이다.

그날이 시작이 될 날이다.

루이 라모어 Louis L'Amour

바로 그날

파멜라 코엘링거 Pamela Koehlinger

이날이 우리 일생에서 맞기 드문 바로 그날이다.
그대가 지나온 나날을 되돌아보는 동시에
다가올 나날을 예견하는 그런 순간이다.

그대의 뒤에는 경험으로 일군 소중한 추억이 있다.
그 추억은 결코 그대를 떠나지 않을 것이다.
희미해질지언정 결코 사라지지 않을 가슴 저리는 감정,
그리고 형태는 세월 따라 변할지라도 존재 그 자체는 꺼지지 않을 마음 꼭대기에 놓일 추억.

그대 앞에는 새로운 도전과 목표가 있다.
오늘은 단지 어슴푸레한 그림자로 보일지라도
어느 날인가는 그대 인생의 중심이 될 것이다.

한꺼번에 뒤를 돌아보고 앞을 내다본다는 것은

정말 역설이 아닐 수 없다.

하지만 그 둘을 모두 이룬다는 것도

그 지극히 상반된 것 속에 있음을 부정할 수 없다.

과거가 없음은 그대가 미래를 지을 토대가 없음이요,

미래가 없음은 그대의 과거가 꽃피울 여건이 없음이다.

가능성을 만들어준 사람들

선생님

완벽히 이성적인 사회라면 최고의 엘리트들이 교사가 되고
나머지는 교사보다 덜한 직업을 택할 것이다.
그 이유는 한 세대에서 그다음 세대로 문명을 전수하는 것은
인간이라면 누구나 원하는
최고의 영예이자 최상의 책무이기 때문이다.

리 아이아코카 Lee Iacocca

~

창조적인 표현과 지식 속에 숨은 즐거움을 일깨운다는 것은
교사로서 지닐 수 있는 최상의 기술이다.

알베르트 아인슈타인 Albert Einstein

~

우리 반의 대다수 급우들은 서로 끼리끼리 즐거움을 주고받기를
원하지만, 나의 목표는 어른들을 기쁘게 하는 것이었다.
나는 선생님들을 웃기는 바람에 선생님들의 애완동물이 되었다.

_ 로지 오도넬 Rosie O'Donnell

가르침이란 항상 당신이 아는 것을 전달하는 것은 아니다.
가르침이란 당신이 누구인가를 전해주는 것일 때도 있다.

줄리아 로긴스 Julia Loggins

~

멍한 선생은 말만 한다.
좋은 선생은 설명한다.
우수한 선생은 직접 증명해 보인다.
위대한 스승은 영감을 불러일으킨다.

윌리엄 아서 워드 William Arthur Ward

~

어떤 스승은 우리에게 영원불멸을 아로새긴다.
그런 스승은 언제 자신이 우리에게 준 영향력이 사라질지
전혀 말해주지 않는다.

헨리 아담스 Henry Adams

고마운 선생님

제이 레노 Jay Leno

상상조차 하기 힘든 어떤 이유로 인해 적잖은 선생님들이 나를 가망 없는 저능아라고 손가락질했다. 호커스 선생님은 내게 자신이 맡고 있는 영어창작반에서 공부하라고 호통쳤다.

'이게 웬 떡이야, 정말 쉽겠는걸!'

나는 그렇게 생각했다. 물론 처음엔 생각만큼 호락호락하지는 않았다.

어느 날, 선생님이 나를 따로 불러서 말했다.

"네가 반에서 매번 재미난 이야기로 반 친구들을 웃긴다는 말을 들었어. 앞으로는 그 이야기를 글로 적어서 내게 제출해. 그렇게 하면 숙제를 다 한 것으로 해줄 테니까."

'하, 이건 시를 쓰는 것보다 더 누워서 떡 먹기잖아!'

그래서 나는 그날부터 글을 썼으며, 놀라운 사실은 내가 그 일을 즐겼다는 점이다. 몇 시간이고 나는 글을 썼고(대체로 학교에서 일어난 우스꽝스러운 이야기를 썼다), 한 번 읽어보고는 재미없는 부분은 줄을 쭉쭉 그어 지웠다. 그렇게 네다섯 개의 이야기 초안을 써서 제출했다. 그러다가 갑자기 교실에 들어가서 내가 쓴 이야기를 읽어주는 게 너무 재미있었다. 이야기를 듣고 학생들이 웃음을 터뜨릴 때 최고로 기분이 좋았다. 그런 점에서 나는 미시즈 호커스 선생님께 항상 고맙게 생각한다.

가르침에서 가장 큰 죄악은 지루하게 만드는 것이다.

요한 헤르바르트 Johann Herbart

가르침의 전부

패트릭 웰시 Patrick Welsh

그날의 마지막 수업 시간, 학생들은 노래를 부르고 있었다. 갑자기 노랫소리를 잠재우는 귀찮은 노크 소리가 들려왔다. 나는 문을 열었고, 키 크고 매력적인 흑인 여자가 서 있었다. 학부모라 하기엔 너무 젊었다.

"무슨 일로?"

나는 노래 시간을 방해받은 것에 짜증이 치미는 것을 애써 감추며 물었다. 그런데 그 순간 불현듯 떠오르는 기억이 있었다.

'그래, 레티 모세스! 우리 반 졸업생.'

레티는 내가 기억하는 것보다 훨씬 키가 크고 더 날씬했다. 그녀는 스미스 단과대학을 졸업하고 지금은 미시간 법률대학에서 공부하는 중이었다.

'그래, 레티. 알렉산드리아 건축 프로젝트를 같이 하면서 너의 재능을 진작 발견했지. 아무렴, 레티. 너는 부모님께 성공을 보여

주기로 이미 결론이 난 학생이었어.'

레티가 말했다.

"선생님께 인사드리러 잠시 들렀어요."

우리는 지난 4년 동안 있었던 이야기를 나누느라 정신을 빼앗겼다. 그녀의 방문 덕에 그날은 마치 나의 날인 듯했다. 아마도 레티는 이런 말을 나에게 하고 싶었던 것 같다.

"선생님께 마침내 제가 해냈다는 것을 말하고 싶었어요."

나는 생각했다.

'레티, 네가 나 없이도 분명히 해낼 거라고 굳게 믿고 있었단다. 그래, 네가 잘 커서 성공을 이루는 데 내가 아주 미세하게나마 도움이 되었다면, 도움은 안 되었더라도 너의 성장과 성공을 목격하고 있었다는 사실만으로도, 그것만으로도 충분히 가르침의 전부가 될 수 있단다.'

선생은 보답 없는 일들로 점철된 직업에 속한다.
그들이 아무리 훌륭하게 가르치고 사명을 다한다 해도 그들의 노력에 대한 대가를 개인적으로 나서서 증명하고 주장해줄 제도적 장치가 없다면, 어느 누구도 전적으로 그들을 위해 발 벗고 대변해줄 사람이 없기 때문이다. 내 생각에는 학생들이 선생님들의 노고에 대해 감사를 표현하는 것이야말로 가장 중요한 답례라고 본다. "우리는 진정으로 선생님이 하시는 일이야말로 고귀하고도 참된 일이라고 말씀드리겠습니다. 선생님은 저를 도와주셨고, 제 인생을 실제로 변화시켰습니다. 선생님이야말로 저의 인생에 가장 큰 영향을 주셨습니다."

_ 줄리어스 어빙 Julius Erving

~

지금껏 나에게 영감을 불어넣어준 선생님은 서너 분 정도다. 나는 특히 영어에 몹시 소질이 없었고, 그래서인지 영어를 좋아하지 않았다. 그런데 그런 내가 그야말로 황홀할 정도의 경지에 오른 고등학교 영어 선생님을 만나게 되었다. 그분이 나에게 영어를 많이 가르쳤는지는 기억에 없다. 단지 그분이 내게 창작의 열정과 작문법에 대한 영감을 불러일으켰다는 점만은 분명하다.

_ 조지 루카스 George Lucas

실력이 뛰어난 선생님들은 좋은 평가를 하며 되돌아보지만, 우리의 감정을 어루만져준 선생님들은 감사의 마음으로 회상하게 된다. 학교의 커리큘럼은 학생들에게 매우 필요한 교육과정이 분명하지만, 따뜻한 마음은 식물을 자라게 하고 어린이의 영혼을 위한 활기찬 자양분이다.

_ 카를 융 Carl Jung

~

나는 운 좋게도 좋은 영어 선생님들을 비교적 많이 만났다. 특히 고등학교 시절에 만난 영어 선생님은 더욱 그랬다. 나는 정식 학생이라기보다는 운동선수 학생이었다. 비록 독서를 즐기는 했지만 그것은 어디까지나 성적에 국한되었다. 하지만 그 선생님은 우리에게 양서라면 무슨 책이든 읽게 했고, 작가들(좁히자면 유명 미국 작가들)의 작품을 읽게 했다. 그 선생님의 이름은 프랜시스 맥페이다. 맥페이 선생님은 지금도 교직 생활을 하고 있고, 우리는 여전히 연락을 나눈다. 내가 멤피스에 머물 때는 선생님이 나의 작가 사인회에 오신다. 나는 내 모든 책에 사인을 해서 선생님에게 보낸다. 우리는 아직도 친구이자 동료다.

_ 존 그리샴 John Grisham

나는 사람들이 다른 사람의 마음속에 이미 잠재하지 않는 생각을 주입시킬 수 있다고는 믿지 않는다. 대체로 모든 사람에게는 부싯돌처럼 준비되어 있는 온갖 생각이 있다. 그러나 이 많은 부싯돌은 외부로부터 어떤 불꽃이나 스파크를 만나야 불을 붙이는 데 성공할 수 있다. 예를 들면 외부 사람들과 부딪쳤을 때 생각이 불길을 일으킨다는 말이다. 마찬가지로 가끔 우리 생각의 불이 꺼질 때가 있다. 그렇게 꺼진 생각의 불은 우리의 친구들과 함께 겪는 경험으로 다시 점화된다. 그리하여 우리는 서로가 서로에게 자기 내부의 불을 밝혀주는 역할에 대해 감사의 마음을 공유하게 된다.

_ 알베르트 슈바이처 Albert Schweitzer

~

학창 시절의 교육을 되돌아보는 사람은 교육 방법이나 교육 기법 따위를 회상하는 것이 아니라 가르침을 받은 선생님들을 기억한다. 교육 현장의 중심은 선생님이고, 교육 프로그램을 만들고 없애는 이도 바로 선생님이다.

_ 시드니 훅 Sidney Hook

친구

가장 좋은 친구는 나 자신 속에 있는 최상의 것을 끄집어내어
외부로 발휘하게 하는 친구다.

헨리 포드 Henry Ford

~

인간의 영광이 대체로 어디서 시작되고 어디서 끝나는가를
생각해보라. 나의 영광이 가장 만개했을 때는
많은 친구가 나에게 있을 때였다.

윌리엄 버틀러 예이츠 William Butler Yeats

~

각각의 친구는 나에게 고유한 각각의 세계를 보여준다.
그들이 나의 친구가 될 때까지는 나에게서 아직 태어나지
않은 세계다. 친구를 만나고서야 나에게 새로운
또 하나의 세계가 열리게 된다.

아나이스 닌 Anaïs Nin

당신이 나의 영웅이라는 걸 알고 있나요?
내가 원하는 완벽한 사람이죠.
나는 독수리보다 더 높이 날아오를 수 있어요.
당신은 내 날개를 밀어주는 바람이니까요

래리 헨리 & 제프 실바 작곡, 'Wind Beneath My Wings'

~

그대와 함께 보낸 시간을 내가 어찌 잊을 수 있겠는가.
그대와의 우정은 나에겐 영원과도 같으니,
부디 나의 친구로서 평생을 함께해주게.

루트비히 판 베토벤 Ludwig van Beethoven

~

우정은 인생의 눈부신 햇살이다.

존 헤이 John Hay

~

우정은 날개가 없어 떠나지 못하는 사랑이다.

조지 고든 바이런 George Gordon Byron

세상에서 가장 부자인 자는
태어나 맨 처음 번 지폐를 아직도 가지고 있는 사람이 아니라
가장 친한 친구와 아직도 사귀고 있는 사람이다.

마사 메이슨 Martha Mason

~

그 친구 없이는 정말 말 그대로 아무것도 하지 못하는가?
철저하게 철부지 자체인 인생을 지금도 함께 즐길 수 있는가?
바로 이것이 인생의 마지막에 사람들이 인생을 되돌아보며
하는 생각이며, 인간의 가장 소중했던 순간들을 손가락으로
헤아리는 주제이자 방식이다.

유진 케네디 Eugene Kennedy

~

옛 친구가 좋은 이유 중 하나는 당신이 그들과 있으면
바보 멍청이가 되어도 아무렇지 않게 넉넉해질 수 있다는 것이다.

랠프 월도 에머슨 Ralph Waldo Emerson

오래된 친구는 우리 여생의 커다란 축복이다.
그들은 똑같은 추억을 공유하고 있고,
똑같은 방식의 생각을 하고 산다.

호레이스 월폴 Horace Walpole

친구들이란 자신이 스스로 만드는 일가친척이다.

외스타슈 데샹 Eustache Deschamps

그대의 부富는 그대의 친구들이 있는 곳에 있다.

플라우투스 Plautus

이 세상에서 우정보다 더 큰 상을 받을 만한 것은 없다.

토마스 아퀴나스 Thomas Aquinas

그대 두 손으로 가슴 가득 진실한 친구를 꼭 쥐고 놓치지 말라.

나이지리아 격언

새 친구와 옛 친구

조셉 패리 Joseph Parry

새 친구를 사귀되 옛 친구를 잃지 말 것이다.

새 친구는 은이라면 옛 친구는 금이다.

새로 사귄 친구는 새로 담근 포도주처럼

세월이 지나야 익고 순해지는 법이다.

세월과 변화의 격변을 헤쳐온 우정은

가장 좋은 친구임에 틀림없다.

이마는 주름살로 얼룩지고 머리카락은 허옇게 변할지라도

우정은 결코 부패하지 않는다.

믿을 수 있고 진실한 친구임이 분명하다면

우리의 청춘은 언젠가 한 번 더 되살아난다.

아하, 그러나 옛 친구는 죽음을 피하지 못하고

새로운 친구가 그 자리를 대신하는구나.

그대 가슴속에 우정을 고이 간직해야 하리라.

새 친구는 좋고, 옛 친구는 최상이다.

새 친구를 사귀되 옛 친구를 잃지 말 것이다.

새 친구가 은이라면 옛 친구는 금이다.

친구란 자신이 스스로에게 주는 선물이다.

로버트 루이스 스티븐슨 Robert Louis Stevenson

~

부모는 우리의 기회요, 친구는 우리의 선택이다.

자크 드릴 Jacques Delille

추억의 페이지를 넘기며

미셸 오운비 Michelle Ownbey

오 신이시여,

우리는 함께 얼마나 많은 눈물을 흘렸고,

또 얼마나 많은 웃음을 터뜨렸던가요.

그렇게 우리는 가까운 친구였지.

마음속의 두려움을 훌훌 털어놓았고

곁에 있던 사랑을 은밀히 속삭였지.

우리는 서로에게 의존하는 법을 알았고

다른 그 누구보다도 더

서로를 주고받는 둘도 없는 사이였지.

우리에게 가식은 없었네.

그 짧았던 시간의 흐름 속에서도

서로를 그토록 깊이 아끼고 위해주던

지상에 이만한 우정이 또 있었던가?

드디어 이별의 포옹을 하네.

우리의 얼굴은 눈물범벅이 되고
부르는 노래는 서글퍼라.
우리 사이에 놓인 거리가 더 멀어지고
날이 갈수록 더 보고 싶을지라도
우리 꼭 껴안고 있자꾸나, 나의 친구야.
우리가 그동안 쌓았던 사랑을 위하여
이별은 그저 추억의 페이지를 넘길 뿐이니.

부모님

내가 성공을 원하는 가장 큰 이유는 이 지긋지긋한
빈민굴에서 하루라도 빨리 벗어나고 싶었기 때문이다.
그 지름길을 찾게 도와준 분들이 나의 부모님이셨다.

플로렌스 그리피스 조이너 Florence Griffith Joyner

~

내가 열네 살 소년이었을 때, 내 아버지는 너무 무식해서 함께 생활하며 참기가 너무 힘들었다. 그런데 내 나이 스물하나가 되었을 때, 불과 칠 년 만에 내 아버지가 얼마나 유식한지, 그동안 어떻게 그 많은 것을 배웠는지 나는 깜짝 놀랐다.

_ 마크 트웨인 Mark Twain

~

인간은 때때로 적대자로 보였던 사람들과 다시 융화해야 하는 입장에 놓이곤 한다. 젊은 남자들이 유별나게 그런데, 남자로서 누구에게 사랑을 표현한다는 것은 꽤나 애를 먹이는 일이다. 더욱이 아버지와 아들 사이가 더욱 그렇다. 그래도 아들로서나 남자로서나 졸업식이 끝나면 곧장 서슴지 말고 아버지에게 달려가서 아버지의 손을 꼭 쥐고, 포옹하고, 볼에 입을 맞추면서 또렷한 목소리로 말하라.
"아버지, 저를 키워주신 지난 세월에 감사합니다. 아버지, 정말 사랑합니다."
그것도 졸업식 행사의 일부다. 졸업식 공식 행사가 모두 끝났을 때 그러기를 바란다. 그러면 졸업식 이후 10년에 걸쳐 알아야 할 아버지에 대한 마음을 그 한순간에 알아버리게 된다.
_ 레이 브래드버리 Ray Bradbury

사랑하는 케이시에게

폴 어윈 Paul Irwin

너의 장대한 모험에 행운의 여신이 깃들기를.

마치 숲속의 다람쥐가 꼬리를 감추듯 18년이 훌쩍 가버렸구나. 좋은 일도 많았겠고, 궂은 날도 있었겠지만 지난 세월은 결국 성인이 되는 과정이었단다. 너는 이제 책임감 있는 어엿한 성인이 되었고, 네 엄마와 나는 너에게 무척이나 뿌듯함을 느낀다.

너는 대학에서나 직장에서나 네가 꾸릴 가정에서나 언제나 잘 해나갈 것으로 우리 모두는 굳게 믿고 확신한다. 앞으로 살아가면서 여러 가지 선택의 기로에 서게 될 거야. 내가 해줄 충고는 평소에 너 자신을 잘 알고 파악해서 머뭇대지 말라는 것이다. 선택의 순간마다 네 마음에 전적으로 따르고, 일단 길을 들어섰다면 결코 뒤를 돌아보지 말고 앞만 보고 전진하는 거야. 네가 올바른 판단을 했는지 아닌지는 스스로 충분히 알기 때문이다.

아들아. 그런데 엄마가 몇 가지 부탁을 대신 전하라고 하는구나. 짐을 싼 뒤엔 꼭 린트천을 세탁하기, 나일론 의류는 다림질하지 말기, 공부든 뭐로든 밤 꼬박 새우지 말기, 그리고 콜렉트콜을 하는 한이 있더라도 피터를 위해서 일주일에 한 번은 꼭 집에 전화 걸기. 그 외에도 스스로 알아서 해야 할 일은 꼭 실천하기. 그만하기로 하자, 하하.

몸조심해라.

너를 항상 사랑하는 아빠가.

부모란 누구인가?

자기 인생의 반은 자식들이 바깥세상에서

어떻게 지낼지 노심초사하고, 남은 생의 반은 그들의 자식이

언제 무사히 집으로 귀가할지 걱정하는 분들이다.

테드 쿡 Ted Cook

선물

레니 브로먼 Renee Vroman

신이 그녀의 두 손 위에 그것을 놓았을 때는 따뜻한 여름날이었다. 그것이 얼마나 연약하게 생겼는가를 보았을 때 그녀의 가슴은 연민으로 떨렸다. 이것은 신이 그녀에게 특별히 맡기신 귀한 선물이었다. 그 선물은 언젠가 때가 되면 세상에 귀속될 것이었다. 세상에 인계될 때까지만 신은 그것을 그녀에게 맡기고, 그녀에게 돌보고 보호자가 되어달라고 했다. 그녀는 신의 명령을 이해하고 존중하면서 그것을 집으로 가져왔고, 신에 대한 충성의 표시로 그것을 정성껏 보살피기로 결심했다.

처음엔 그것이 그녀의 시선 안에만 있게 했고, 무엇이든 위험하다고 생각되는 것들로부터 세심하게 보호했다. 그녀는 그것이 안전하도록 마련한 방에서 잠시라도 외부에 노출되지 않게 한시도 눈을 떼지 않았다. 그러나 머지않아 그녀는 그것을 더 이상 방 안에서만 키울 수 없다는 것을 깨달았다. 그것이 거친 세상을 헤치며 생존하려면 뭔가 강하게 자라는 법을 배워야 한다고 그녀는 생각했다. 그래서 좀 더 넓은 공간에서 좀 더 느슨한 보호망을 치고 좀 더 자유롭고 활기차게 자랄 수 있는 환경을 만들어주었다.

그녀는 때때로 잠자리에 누워 그 뭔가가 부적절하다는 생각에 휩싸이곤 했다. 그녀가 과연 자신에게 부여된 과분한 임무를 스스로 잘할 수 있을지 걱정이 밀려들곤 했다. 그럴 때면 신은 영락없이 그녀의 마음속에 나타나서 "지금 아주 잘해내고 있으니 염려하지 말라"고 다독여주었다. 그러면 그녀는 그제야 마음이 놓여 잠들곤 했다.

해가 지날수록 그녀의 임무는 더욱 편해졌다. 그녀의 선물은 모습을 보는 그 자체만으로도 그녀에게 여러모로 값진 삶의 시간을 일깨워주었다. 그래서 심지어 그 선물을 받기 전의 그녀의 생활 모습은 기억조차 할 수 없을 정도였다. 게다가 그것은 그녀가 신에게서 받은 선물이자 임무라는 사실마저 잊었다.

어느 날, 그녀는 문득 그 선물이 얼마나 많이 변해버렸는가를 알고는 깜짝 놀랐다. 그것의 얼굴에서는 이제 더 이상 연약함이라곤 발견할 수 없었고, 힘과 지구력으로 커졌고, 심지어 그것의 내면에서는 어떤 강력한 기운이 자라고 있는 듯했다.

세월이 흐를수록 그녀는 그것이 강인하게 커가는 모습을 보았고, 그럴수록 그녀는 자신이 한 약속을 거듭 상기했다. 마음 깊숙한 곳에서 이제 그녀와 그 선물이 함께 지낼 날이 얼마 남지 않았음을 절절히 느꼈다.

드디어 운명의 그날 신이 그 선물을 찾으러 왔고, 세상에 귀속시킬 그날이 닥쳤다. 그녀는 뼈저리도록 깊은 비애감에 젖었다. 그녀가 그렇게 오랫동안 하루 한시도 빠짐없이 보아온 선물이 너무 그리워질 것이 분명하기 때문이다. 진심으로 그녀는 신에게 감사했다. 그토록 귀한 선물과 그 긴 세월 동안 함께 있게 해준 특권에 대한 감사였다.

그녀는 가슴을 활짝 열어젖히고 자랑스러운 표정을 지으며 당당히 땅을 디디고 섰다. 그녀는 그 선물이 지상에서 만난 것 중 가장 고귀한 선물이라는 것을 알고 있었다. 앞으로 그 선물은 세상의 이치와 아름다움을 얻어 더욱 가치 있게 될 것이다.

엄마는 그렇게 자식을 떠나보냈다.

성장

브룩 뮐러 Brooke Mueller

저는 이제 적을 무찌르러 떠납니다.
그 어떤 곳이든 싸워야 할 전쟁터라면 싸울 것입니다.
엄마, 떠나는 저에게 귀를 기울이셔서
오늘 저의 행운을 기원해주세요.

저의 날개도 충분히 자랐고 저는 날고 싶어요.
제가 이룬 승리를 꼭 움켜쥐세요.
엄마, 제가 떠난다고 제발 울지 마세요.
저의 길을 찾도록 지켜봐 주세요.

비록 많은 위험과 숱한 공포가 있다 해도
저는 직접 보고 듣고 만지렵니다.
눈물을 거두고 미소를 지을 테니
제 말에 끝까지 귀를 기울여주세요.

저는 나의 세계와 나의 꿈을 찾으러 떠납니다.

나의 자아를 새기고 나의 정체를 한 올 한 올 만들려 합니다.

이 점만은 잊지 마세요.

이 항해가 계속되더라도 엄마에 대한 저의 사랑을,

영원한 아들의 사랑을.

나의 사랑은 늘 네 곁에

페기 셀릭 Peggy Selig

나는 사랑했단다,
네가 인생과 더불어 자라고
네가 인생을 헤치며 살아가는 모습을.
어린아이였기에 누릴 수 있는
웃음과 울음을.
때로는 너무 자신만만했고
때로는 온갖 의문투성이로 가득한 너의 눈망울,
나는 네가 사는 모습을 바라보는 것만으로도 충분했다.

인생이 불공평했을 때
너를 보는 내 가슴은 찢어졌지.
네 허락만 있었다면
나는 그 숱한 고통과 두통으로부터 너를 격리했을 거야.

그토록 너를 보호하고 싶은 만큼
너 또한 네 본연의 모습으로
성장할 필요가 있었지.
그래서 시간의 계단 계단마다
조금씩 네 갈 길을 가게 했단다.
그것은 내 살아생전 가장 힘든 순간들이었지.

네 어린 시절은 가고 없어도
나는 아직도 그 찬연한 시절을 그리워한다.
그래도 의젓한 어른이 되어
넌 나에게 생의 보람을 안겨주었지.

너를 사랑한다.
살아가면서 네가
어떤 길을 택하여 그 길을 껴안을지라도
나의 사랑은 늘 네 곁에 있다.
나의 사랑은 늘 너를 껴안고 있다.

성공의 의미

머릿속을 다 비우고 자신감으로 채우는 것,

그것만으로도 성공은 확실하다.

마크 트웨인 Mark Twain

~

아메리칸 드림이란 당신의 모든 것을 걸고 당신이 가진 모든 힘과 정력을 다 쏟아붓는 것이다. 거기에 내가 한 가지 추가하려는 것은 무언가를 돌려주어야 한다는 것이다. 성공이란 결국 타인을 향한 봉사를 포함시키지 않고는 정의될 수 없다.

_ 조지 부시 George Bush

~

성공의 80%는 다 과시용이다.

우디 앨런 Woody Allen

~

우리는 월급을 얼마나 많이 받느냐, 승용차가 얼마나 큰가로 성공을 규정하려 하지, 내가 하는 일이 타인에게 얼마나 보람된 일인가 또는 인간과의 관계가 얼마나 좋은가로 성공을 가름하지 않는다.

_ 마틴 루터 킹 주니어 Martin Luther King Jr.

세상은 당신이 어떻게 생각하느냐에 따라 결정된다. 당신이 아무리 성공하려고 있는 힘껏 노력해도 당신이 마음이 약하고, 그래서 역으로 당신이 추구하는 바가 가난과 실패에 벌벌 떤다면 가난과 실패가 찾아오는 법이다. 자기 자신을 믿지 못하고, 인생은 자신을 위해 준비되어 있음을 믿지 못한다면 세상의 다양한 가치로부터 단절되고 만다. 그러니 승리만을 기대하라. 그러면 승리를 거머쥘 것이다.

_ 토니 로빈스 Tony Robbins

~

나는 지금까지 항상 남다른 삶을 살아왔다고 자부한다.
나에게 성공이란 많은 돈을 벌거나 큰 집에서 살거나 큰 차를 굴리는 것이 아니라 현재 항상 행복한 존재가 되는 것이라고 늘 믿어왔기 때문이다.

허셸 워커 Herschel Walker

~

성공이란 그 자체가 여행이지 목적지가 아니다. 과정이 결과보다 중요하기 때문이다. 모든 사람이 1등이 될 수는 없지 않은가!

아서 애시 Arthur Ashe

성공의 맛을 단 한 번도 못 본 자들에겐 성공이
이 세상에서 가장 달콤한 것으로 여겨지겠지.

에밀리 디킨슨 Emily Dickinson

미키 맨틀 이야기

리에바 레손스키 Rieva Lesonsky

나는 왕년의 뉴욕 양키스 외야수이자 타자인 미키 맨틀처럼 성공의 실체를 몸소 보여준 사람은 없다고 생각한다. 미키 맨틀은 생애 통산 536개의 홈런을 기록한 위대한 홈런 타자로 기억된다. 그런데 그는 1,710회나 삼진을 당한 타자이기도 하다.

타석에 들어설 때마다 맨틀에게는 두 가지 경우가 앞에 있었다. 그는 그럼에도 오로지 공을 외야 관중석으로 날려보내기 위해 삼진의 두려움 없이 계속 타석에 들어섰다. 그의 기록이 말해주듯 그는 배트에 공을 맞힌 적보다 헛스윙을 한 적이 더 많았다. 하지만 로버트 케네디가 말한 대로 비참하게 쓰러지는 것을 두려워하지 않는 자만이 가장 장엄한 업적을 남길 수 있다.

성공이란 과감히 쓰러질 줄 아는 자의 것이다. 우리 모두 배울 수 있는 아주 간단한 교훈이지만, 사실은 많은 다수가 쓰러지는 것을 두려워한다.

성공은 일종의 방귀다. 단지 당신이 뀐 냄새만 향기롭다.

제임스 P. 호건 James P. Hogan

~

인생 진단 보고서의 점수, 의욕 점수, 태도 점수, 평생 교육 점수,
고역 점수, 주변 돕기 점수. 이상 점수의 커트라인을 통과하게
되면 여러분은 자기 삶의 질이 남다름을 느낄 것이다.
그것이 바로 성공이라는 느낌이다.

스티브 로들 Steve Lodle

~

결코 실망의 먹이가 되지 말라. 최후엔 승리가 미소 지을 테니까.

에이브러햄 링컨 Abraham Lincoln

~

성공의 맨 처음 원칙은 욕망을 가지는 것이다.
단, 그대가 원하는 욕망이어야 한다.
욕망은 성공의 나무를 위한 씨앗 심기다.

로버트 콜리어 Robert Collier

열정을 품어라. 그것이 바로 개개인의 성공을 위한 활력소다.

콘래드 힐튼 Conrad Hilton

성공한 자와 그렇지 못한 자의 차이는 정녕 열의에 넘쳐
자신이 하는 일에 미쳐 있느냐, 아니냐의 차이이다.

헨리 데이비드 소로 Henry David Thoreau

인간은 안락과 사치만 있으면 세상을 다 얻은 것처럼
행동한다. 인간을 행복하게 만드는 가장 중요한 요소는 어떤 일에
모든 정열을 다 쏟아붓는 것인데도 말이다.

찰스 킹즐리 Charles Kingsley

내가 성공을 이룬 것은 사람들이 해주는 최고의 조언을
세심하게 잘 듣고, 정확히 그 반대로 실행한 덕분이다.

G.K. 체스터턴 Chesterton

나는 평균치에 약간 못 미치는 능력을 지닌 평균치 정도의 사람 그 이상이 결코 아니다. 한 치도 의심의 여지가 없는 것은, 여러분이 나 정도의 노력을 항상 게을리하지 않고 해나가면서 나 정도의 평범한 희망과 신념을 갈고 닦는다면 내가 누리는 것을 여러분도 똑같이 누릴 수 있다는 사실이다.

_ 마하트마 간디 Mahatma Gandhi

성공은 어디에 있을까? 성공은 용기, 인내, 그리고 당신이
되고 싶은 사람이 되려는 굳센 의지와 함께 있다.
아무리 유별나더라도 말이다. 그리고 나중에 이렇게 말하겠지.
"드디어 나의 영웅을 찾았다. 그 영웅은 나 자신이다!"

조지 쉬언 George Sheehan

열광으로 마음의 불길이 활활 타오르고 천리마처럼
근성과 끈질김으로 무장한다면, 그것이 어느 날 자신도 모르게
성공을 가져다주는 본질이 된다.

데일 카네기 Dale Carnegie

멍청한 세상에서 성공한다는 것도 때로는 걱정거리다.

_ 릴리 톰린 Lily Tomlin

항상 보석같이 찬란한 정열로 불타오르고, 그래서 극치감을
느끼며 산다는 것. 그것이 나에겐 성공이다.

_ 월터 페이터 Walter Pater

성공의 진정한 비밀은 열정이다. 그렇다, 열정 그 이상이다. 흥분이라고 말하는 게 정확하다. 나는 사람들이 흥분해 있을 때 보기가 좋다. 인간은 흥분되어 있을 때 훌륭하게 인생의 성공을 이뤄낸다.

_ 월터 크라이슬러 Walter Chrysler

우리 앞에 놓인 일이 중요한 게 아니라
그 일을 바라보는 우리의 마음가짐이 중요하다.
그 마음가짐이 성공이냐 실패냐를 결정하기 때문이다.

_ 노먼 빈센트 필 Norman Vincent Peale

다른 사람에게 간청하는 행위를 버리고
자기 자신에게 간구할 때, 자기 자신의 본성에 충실할 때,
그제야 비로소 당신은 성공을 이룰 수 있다.
자기 본연의 모습으로 돌아가 일할 때 자신은 물론
주변 사람들도 만족하게 된다.

라켈 웰치 Raquel Welch

~

성공이란 하고 있는 일에 대한 욕구, 더 많은 일을 하고픈 갈망,
더 깊숙이 그 일에 몰두하고 싶은 열정, 그 일에 대한 뚜렷한
목표 의식 등 여러 요건으로 이루어져 있다고 생각한다.

마거릿 대처 Margaret Thatcher

~

성공이란 자기가 하고 싶은 것을 마음먹은 대로
흥에 겨워 하는 것이다. 무엇을, 언제, 어디서, 누구와,
하고 싶은 일을 마음껏 하는가가 바로 성공이다.

토니 로빈스 Tony Robbins

목표를 설정하고 그 목표를 달성하려는 일을 습관처럼
만드는 것만으로도 성공의 반은 이미 거머쥔 것이다.
그런 습관만 체질화하면 아무리 지겹고 짜증 나는 일일지라도
넉넉히 견딜 만해지고, 차곡차곡 시간이 흐를수록 목표 달성의
고지에 올라 성취의 깃발을 정상에 꽂게 된다.

오그 만디노 Og Mandino

나를 성공한 사람이라고 말하는 데 나는 동의하지 않는다. 왜냐하면 나는 성공의 과정을 지금도 겪고 있기 때문이다. 우리가 '성공한'이라고 말할 때의 의미는 자기 자신에 대해 완벽하게 편안함을 느낄 때라고 생각한다. 결코 얼마만큼 성취했느냐가 성공의 척도가 아니기 때문이다. 나에 대해 편안함을 느끼고 자족할 때, 나는 그때 비로소 성공한 사람일 것이다.

오프라 윈프리 Oprah Winfrey

자기 자신이 어디에 있느냐에 대해 생각하지 말고 어디에 있기를 원하느냐에 대해 생각하는 것이 훨씬 현명하다. 그 이유는 20년 간의 각고의 노력을 한 뒤에야 하룻밤 사이의 성공이 기어코 오기 때문이다. 내가 나중에 운이 나쁘지 않아 있게 되는 곳은 그래서 하룻밤 사이이고, 내가 있고 싶은 곳은 20년의 긴 세월이다.

_ 다이애나 랜킨 Diana Rankin

성공한 자와 나머지 사람들 간의 차이는
에너지나 지식의 상대적 결핍 때문이 아니라
의지의 상대적 결핍으로 인해 나타난다.

빈스 롬바르디 Vince Lombardi

진정한 성공은 성공하지 못하리라는 나약함을 극복하는 것이다.

폴 스위니 Paul Sweeney

성공은 대범함의 아들이다.
대범함이란 여러 가지 성공으로 이룰 수 있는 것이다.

벤자민 디즈레일리 Benjamin Disraeli

인내력, 지구력, 노력, 이 세 가지는 누가 뭐래도 성공의 핵심 요소다.

나폴리언 힐 Napoleon Hill

끈질김이야말로 성공의 대단한 힘이다.
당신이 문을 계속 두드리고, 크게 두드리면 어느 누가 감히
문을 안 열어주고 배기겠는가.

헨리 워즈워스 롱펠로 Henry Wadsworth Longfellow

하루를 잘 보내고, 자주 웃고, 사랑이 풍부하다면
그것이 성공이다.

로버트 루이스 스티븐슨 Robert Louis Stevenson

자신이 사회적으로 어떤 위치에 있는가도 성공을 측정하는
기준이 되지만, 그만큼의 지위에 오르기 위해 어떤 장애물을
극복했는가가 진정한 성공의 척도임을 나는 깨우쳤다.

부커 T. 워싱턴 Booker T. Washington

우리는 대체로 우리 본능에 따르고 우리가 절실히 원하는 바를 추구하고자 할 때 많은 망설임을 겪는다. 그렇게 자기 뜻에 따라 일을 내지르는 것은 아무래도 위험이 따르고 실패할 확률이 높다고 판단하기 때문이다. 하지만 온 가슴으로, 충일한 영혼으로 우리의 열정을 따르는 것은 그 자체로 성공의 삶을 살고 있다는 증거임을 잊어서는 안 된다. 본성에 열중하는 것, 그것이 성공을 누리고 있다는 방증이다. 가장 큰 실패는 실패가 두려워서 아무것도 시도조차 하지 않는 것이다.

_ 로빈 앨런 Robyn Allan

이 세상에 존재하는 성공은 단 하나, 자신의 방식대로 인생을 사는 것이다. 다른 사람들이 자신이 사는 방식의 길을 가로막고 헛소리하며 딴 길을 제시할 때 콧방귀를 뀔 수 있는 태연함과 대담함이 성공이 아니고 무엇이랴! 성공은 자기 마음이 가는 길을 스스로 당당하게 걷는 것이다.

_ 크리스토퍼 몰리 Christopher Morley

성공을 도달해야 하는 최종 목적지로 생각지 말고
여행이나 기나긴 모험으로 생각하라.
여정 중에 당신의 목표가 바뀔 수도 있고,
어떤 더 큰 목표가 나타나 애초의 목표가
중단될 수도 있기 때문이다.

_ 마이클 코다 Micheal Korda

우리가 태어날 때부터 지닌 능력을 십분 활용하는 사람치고 인생에서 가질 수 있는 가장 커다란 성공과 행복을 얻지 못하는 사람은 없다. 능력을 제대로 활용하지도 않기 때문에, 능력이 있음을 믿지도 못하기 때문에 우리는 종종 사소한 실패를 기록하게 된다. 그리고 우리는 그것을 거역할 수 없는 운명 탓으로 돌리며 허공에 손가락질만 해댄다.

_ 스마일리 블랜튼 Smiley Blanton

때때로 우리는 성공한 사람의 능력보다 그를 질투하는 데서 더 많이 성공의 가치를 떠올린다. 진정한 승자는 자기 몸과 마음 모두를 바쳐 묵묵히 일에 몰두하는 사람, 타인의 성공과 실패에는 고개를 돌릴 틈도 없는 사람이다.

_ 찰스 벅스턴 Charles Buxton

살아가면서 우리가 맛보는 행복의 요체는 일한다는 것,
사랑한다는 것, 그리고 희망한다는 것, 이 세 가지다.

조지프 애디슨 Joseph Addison

돈이 성공과 무슨 상관이 있죠?
아침에 거뜬히 일어나고, 밤에 달콤하게 잠들고, 기상과 취침 사이에
하고 싶은 일을 하면성공한 사람 아닙니까?
나는 다른 성공은 알지도 못하고 관심도 없어요.

밥 딜런 Bob Dylan

성공이란 저절로 타오르는 자연연소의 결과가 아니다.
그대 스스로를 연소시켜야 나오는 결과물이다.

레기 리치 Reggie Leach

성공은 자기 자신만을 위해 완성되지 않는다.
남을 위해 일하는 마음속에 성공의 뿌리가 있다.

데니 토머스 Denny Thomas

유일한 행복은 남을 위한 목적의식을 가지고
자기 자신을 아낌없이 소진할 때 이룩된다.

윌리엄 쿠퍼 William Cowper

제가 진정으로 당부하고 싶은 것은 제발 성공의 조급함에 떠밀려 남의 성공담을 우러러보면서 남의 성공을 따르지 말고, 자기 자신의 가치관과 스스로 설정한 성공에 시선을 집중하라는 것입니다. 여러분이 스스로 성공을 설정하고 추구하고 획득해야 합니다.

_ 해리슨 포드 Harrison Ford

~

나는 여태껏 성취라는 단어조차 떠올리지 않았다.
그냥 나에게 주어진 일을 충실히 했을 뿐이고,
그것이 나에게 가장 큰 즐거움을 주었을 뿐이다.

엘리너 루스벨트 Eleanor Roosevelt

~

인생의 성공은 자신이 어떤 사람이 되느냐에 달려 있다. 이 사실을 모르고 자신이 얼마나 많이 아는가에 성공 여부가 달려 있다고 여기는 사람들이 의외로 너무 많다는 사실이 경악스럽다.

_ 찰스 웨슬리 Charles Wesley

위대해지고 싶다면, 기꺼운 마음으로 봉사하고
넓은 가슴으로 사랑하라.

코넬 웨스트 Cornel West

곤경이 능력을 크게 키우고 성공을 가능으로 만든다. 기억하라,
독수리를 높은 하늘로 날게 만드는 것은 거센 바람임을.

바네사 윌리엄스 Vanessa Williams

성공의 비밀은 목표를 절대 놓치지 않고
목표와 함께하는 것이다.

벤자민 프랭클린 Benjamin Franklin

존경할 만한 사람들은 그들의 실패를 통해
지혜를 자기 것으로 만들었다. 알다시피 성공만으로는
우리에게 그런 지혜가 주어지지 않는다.

윌리엄 사로얀 William Saroyan

사람들은 나를 유명인으로 생각하나 봅니다. 아마 그 때문에 제가 오늘 이 자리에서 연설을 하게 되지 않았나 짐작합니다. 또 유명인이라는 이유로 대학도 졸업하지 못한 제가 오늘 박사학위까지 받게 되지 않았나 추측해봅니다.

저로서야 제가 아주 덕망 높은 인물이고, 제 일이나 사업에 매우 정열적인 사람이라서 이런 영광도 주어졌다고 생각하고 싶지만, 사실이 그렇지 못하군요. 진실은 내가 유명해서이고, 더욱이 그 유명세도 아주 우연히 얻었다는 점이 흥미롭죠.

유명함. 제가 가진 이 유명함은 아주 희귀하고 이상야릇하며 아무 가치조차 없습니다. 이것은 성공의 매우 빈약한 측정법입니다. 성공이라는 벽면 뒤에 있는 것을 한번 보시죠. 새삼 놀랄 만한 게 있습니까?

그러니 여러분, 지금 현재에 힘을 쏟으십시오. 이제라도 여러분의 남은 일생을 영광이나 명성 따위의 겉치레가 아니라 위대함이라는 이름의 여러분의 자아에, 자아의 본질적 완성에 더 헌신하십시오.

_ 제이슨 알렉산더 Jason Alexander

어떤 의미에서 실패는 성공의 고속도로다. 실패를 통해 얻은 갖가지 잘못이 우리가 진리라고 믿고 열렬히 추구하는 것으로 바르게 인도한다. 항상 새로운 경험이 나중에 우리가 조심스럽게 피할 수 있도록 시행착오를 적절히 지적한다.

_윌리엄 키츠 William Kits

성공에 이르는 비밀의 열쇠는 없다. 철저한 준비, 고된 노력,
실패로부터 얻은 교훈의 결과가 성공이다.

콜린 파월 Colin Powell

성공의 공식에서 가장 중요한 요소는 사람들과
잘 어울려 지내는 것이다.

시어도어 루스벨트 Theodore Roosevelt

성공이란 굳이 비용을 지불하지 않아도
당신이 하고 싶은 일을 하며 사는 것이다.

아티 쇼 Artie Shaw

만일 당신이 매일 아침 일어났을 때 행복하지 않고, 직장으로 일하러 가거나 집에서 일하거나 하는 것에 열정이 없다면 당신은 성공과는 거리가 먼 사람이다.

_ 도널드 켄들 Donald Kendall

일work 이전에 성공success이 나타나는 곳은 오로지 영어사전뿐이다. 먼저 일을 해야 그 이후에 성공이 나온다.

_ 아서 브리즈번 Arthur Brisbane

나는 위대하고 유명한 남녀 인물을 연구했다. 그런데 그들이 자기 분야의 정상에 오른 주요 원인은 그들 앞에 놓인 일을 온 정열을 다해 모든 힘을 다 쏟아부어 아무리 힘들더라도 반드시 해내고야 마는 노력이었다는 매우 평범한 결론만 얻어냈을 뿐이다.

_ 해리 트루먼 Harry Truman

당신의 삶에서 진정한 사랑을 가지는 것이 성공이며,
나머지는 단지 킬링 타임일 뿐이다.

_케니 로긴스 Kenny Loggins

내가 여실히 깨달은 바는, 나 자신이 얼마나 성공하고 일에 능수능란하고 많은 부분에서 성취를 이뤘다고 생각하더라도 나는 언제나 실수에 노출되어 있고 실수할 것이라는 사실이다. 나는 언제나 살면서 어려움에 봉착하게 될 것이고, 실패의 가능성을 견뎌낼 인내심을 길러야 하며, 앞으로도 계속 일을 하면서 이런 사실들을 결코 망각하지 않고 거부하지도 않고 받아들일 자세가 되어 있을 것이다. 그리하여 나는 이제 더 이상 상실에 떨지 않을 것이다. 왜냐하면 인생이라는 여정을 가다 되돌아보면 나의 인생과 인간 존재에 대해 미처 알지 못한 새로운 진실을 항상 발견하게 되기 때문이다. 그렇게 죽을 때까지 새롭게 시도하고, 낭패를 당하고, 또 놀라운 인생의 진리를 알게 될 테니 사사로운 실수나 판단 미스를 담담히 대하며 살아갈 것이다.

_빌리 조엘 Billy Joel

당신의 가슴과 마음과 지성 그리고 영혼을 죄다 당신의
가장 사소한 행위에 바쳐보라. 성공의 문이 열릴 것이다.

시바난다 사라스와티 Sivananda Saraswati

~

성공은 마음의 상태다. 성공을 바란다면
그대 자신을 성공이라 이름하라.

조이스 브라더스 Joice Brothers

~

성공에 대한 조언을 나에게 듣고 싶은가? 아주 간단하다. 정말 간단하다. 실패 확률을 2배로 올려라. 그대는 실패를 성공의 적으로 여기지만 전혀 그렇지 않다. 실패로 그대는 용기를 잃을 수도 있고, 실패로부터 많은 것도 배운다. 그러니 계속 일을 벌이고, 계속 실수를 저질러라. 당신의 능력이 되는 한 힘껏 저질러라. 거기에서 성공의 해답을 발견하게 된다는 것을 명심하라. 즉, 실패의 저 반대편 끝자리, 거기에 성공은 반드시 있다.

_ 토머스 왓슨 Thomas Watson

성공이란 과거의 문을 닫는 능력이다. 과거로 돌아가지 말고 실패와 상관없이 계속 전진하는 것이 중요하다. 다시 말해 앞을 향해 길을 가지 않고 길 안에 빠져 있다면, 과거에 머물러 있다면 서둘러 그 길에서 빠져나오는 것이 가장 현명하다.

_ 빌 화이트 Bill White

타인에 대한 배려심이 그대 마음속에서 자라고 있음을
감지한다면, 그대의 성공은 떼놓은 당상이다.

_ 마야 안젤루 Maya Angelou

당신에게 성공 공식을 알려줄 수는 없지만 실패 공식은 알려줄 수 있다. 모든 사람을 기쁘게 하라. 그러면 실패할 것이다. 선이든 악이든 모든 사람을 기쁘게 한다는 것은 아무도 사랑하지 않는다는 말과 동의어다.

_ 허버트 바야드 스워프 Herbert Bayard Swope

눈에 띌 정도로 성공한 사람과 그저 평범하게 사는 사람의 차이는 인생의 목표와 그 목표를 향한 초점, 그리고 자신의 인생 설계의 상위 모델이 되는 또렷한 표상을 가진 자와 가지지 않은 자의 차이다. 포괄적으로 정리하자면, 어디서부터 출발해서 어디로 향할 것인가를 분명히 설정하지 않고는 어디에도 갈 수 없다.

_ 라이오넬 배리모어 Lionel Barrymore

~

성공이 제 발로 그대에게 걸어오는 것이 아니라
그대가 성공을 향해 걸어가는 것이다.

마바 콜린스 Marva Collins

~

만일 실패로부터 우리가 뭔가를 배운다면
실패는 성공의 다른 이름일 수 있다.

말콤 포브스 Malcolm Forbes

진정한 성공을 느낀다는 것은 자아의 내면에서 기쁨을 누린다는 것이다. 세상에는 온갖 물질이 넘치지만, 그것으로는 성공을 살 수 없다. 진짜 성공은 마음속 내면으로부터 나온다.

_ 토바 보그나인 Tova Borgnine

~

자주 웃고 많이 웃어라.
지성인의 존경을 받고 아이들의 애정 표현을 즐겨라.
정직한 비평가의 좋은 평가를 얻고, 어긋난 친구의 배신을 이겨 내라.
세상의 아름다움을 충분히 감상하고, 타인의 좋은 점을 발견해라.
건강한 아이를 낳든지, 정원을 더 향기롭게 가꾸든지, 사회를 더 좋게 만들든지 이 세상을 조금이라도 더 살기 좋은 곳으로 만들고 떠나라.
당신이 이 세상에 있어 어떤 생명들이 더 편하게 살아갈 수 있게 했음을 느껴라.
당신이 태어나기 전보다 태어난 후 세상을 좀 더 살기 좋게 만드는 것, 이것이야말로 성공 중의 성공이리라.

_ 랠프 월도 에머슨 Ralph Waldo Emerson

A가 성공이라면 A는 X 더하기 Y 더하기 Z이다.
X는 일이요, Y는 행동이요, Z는 그대의 입을 다무는 것이다.
묵묵히 일하고 불평하지 말라. 성공은 불평하는 법이 없다.

알베르트 아인슈타인 Albert Einstein

~

어머니는 성취와 성공의 차이에 대해 분명한 선을 긋고 계셨다. 성취란 내가 배워 얻은 지식이요, 내가 힘들게 일해 얻은 경험이요, 내 속의 모든 잠재력을 끄집어내어 내 것으로 만드는 지혜 등의 총집합체라고 말씀하셨고, 성공은 그로 인해 남에게 칭찬을 받는 것일 뿐이라고 하셨다. 칭찬받는 것도 좋은 일이지만 그다지 중요하거나 만족스러운 것은 아니라면서 말씀하시길, 성공은 가급적 머릿속에서 지우고 늘 성취만을 염두에 두라고 하셨다.

_ 헬렌 헤이스 Helen Hayes

그대의 직업을 자연스럽게 행하라.
그대가 좋아하는 일이지 않는가. 그러면 성공은 좋아하는 일,
그 자체만으로 그대를 보호해줄 것이다.

노먼 빈센트 필 Norman Vincent Peale

성공하는 사람들을 하나하나 뜯어보면 그들은 한결같이 맹세의 힘에 대해 강한 믿음이 있었다. 성공과 떼려야 뗄 수 없는 단 하나의 믿음이 있다면, 그것은 '굳센 맹세 없는 성공이란 없다'는 것이다. 여러분이 여러 분야에서 성공했다고 이름난 사람들을 면면이 살펴보면 그들이 특출하게 최상이라든가, 가장 뛰어나다든가, 가장 빠르다든가, 가장 힘이 세서 성공한 것이 아니라는 점을 발견하게 된다. 다만 그들은 어느 누구보다 강한 맹세를 지닌 사람들임을 알게 된다. 20세기 최고의 발레리나였던 러시아의 안나 파블로바는 이렇게 말했다. "망설이지 말고 단 하나의 목표를 맹세하고 집요하게 추구하는 것, 거기에 성공의 열쇠가 있습니다."

_ 토니 로빈스 Tony Robbins

성공은 작은 사랑의 행위로 이루어진다

어마 봄벡 Erma Bombeck

성공이란 일반적으로 그 사람이 어떤 인물로 기억되느냐에 의해 측정된다. 이 점을 염두에 두면서 나는 내 아이들이 나를 이런 여자로 기억할 거라고 짐작했다. 열두 권의 책을 쓰고, 열여섯 번의 유명 문학상을 수상했으며, 매주 3,100만 명의 독자들을 위해 칼럼을 기고한 유명인으로 말이다.

그런데 나의 딸은 나를 그런 인물로 기억하지 않았다. 내 딸은 나를 언제까지나 이런 엄마로 기억할 거라고 당당히 말했다. 즉, 기회만 생기면 잔소리를 일삼고 속박을 밥 먹듯 했으며 꼴불견인 가죽 코트를 사주고는 안 입으면 금세 숨이 넘어갈 듯 안절부절못하는 엄마, 그래서 마지못해 딱 한 번 그 코트를 입어야만 했던, 못 말리는 독단적 여자로 기억할 거라고 날카롭게 쏘아붙였다.

그래서 여러분도 알겠지만, 성공은 반드시 기념비적인 성취에 있지 않고 오히려 일련의 작은 사랑의 행위들로 이루어져 있다는 사실을 진심으로 함께 공유하고 싶다.

내가 알고 지내온 성공한 사람들 가운데 상당수가 어른이 되기를 싫어했다. 그들은 숨 가쁘게 신나는 소년기를 그대로 간직했다. 위트로 즐거워했고, 유머에 흠뻑 취해 있었다. 위엄이라는 단어가 그들을 위축시키거나 우울로 내몰지 못하게 했다. 정신의 젊음이란 낙천주의와 쌍둥이 형제다. 그리고 그 낙천주의야말로 미국 비즈니스의 성공 여부를 결정짓는 핵심 요소였다. 그러니 어른이 되려고 굳이 애쓰지 말자.

_B. C. 포브스 B. C. Forbes

~

내가 믿는 성공은 마음속 깊은 심연에 도사린 본성에서 불쑥 솟아오르는 것, 진정으로 하고픈 갈망을 발견하는 것, 나 자신의 꿈을 실현시키라는 요청과 더불어 가족과 친구와 주변 사람들을 위해 일하라는 부름에 따르는 것이다. 일단 그러한 요청이 마음속에 명쾌히 설정되면, 진실한 성공은 내가 그 요청을 실천함에 따라 내 곁에서 늘 함께한다. 그리고 친절과 주변 사람들의 존경도 내 실존의 바탕이 되고 성공의 토양이 된다.

_글로리아 로링 Gloria Loring

정열로 불타는 사람들은 '일을 한다'는 용어를 쓰는 데 익숙지 못하다. 그런 사람들은 자신들이 가장 즐겨 하는 일을 추구하고, 또 그들 각자가 판단할 때 일을 하는 것만으로도 충분히 보상받았다고 자각하기 때문에 '일을 한다'는 말을 할 필요나 인식을 가질 수 없는 것이다. 우리는 모두 인생이라는 한정된 시간을 가지고 태어났다. 우리가 사는 모든 순간, 일을 하는 순간, 노는 순간, 불평하는 순간, 감사하는 순간은 모두 우리가 이미 소비한 시간이다. 우리에게 남겨진 시간만큼 소중한 것도 없다.

우리의 열정을 향해 나아갈 때, 그것은 단지 목표를 향해 매진한다는 것만을 뜻하는 것이 아니다. 왜냐하면 여행은 그 자체가 열정을 즐기는 것이요, 그 자체가 또한 보상받는 것이기 때문이다. 그것은 목표를 달성했을 때 받는 보상만큼 가치가 있다. 여행이 끝날 즈음, 다시 말해 인생의 끄트머리에 "나는 내 삶을 사랑했다"고 말할 수 있다면, 그 말이 곧 최상의 성공을 뜻한다.

_ 신시아 커시 Cynthia Kersey

나는 성공에 대해 수많은 이야기를 들어왔고, 성공이 우리 인생에 얼마나 중요한가도 들어왔다. 하지만 분명한 것은 기쁨이 없는 곳에는 성공도 없다는 사실이다. 그래서 나는 역으로 제안하고 싶다. 여러분의 인생에서 성공을 추구하기보다는 차라리 여러분에게 가장 큰 기쁨을 가져다주는 것을 추구하라고 말이다. 그 길이 훨씬 쉽고 성공으로 이르는 색다른 지름길일 것이다. 기쁨이란 삶에서 추구할 만한 가치가 있는 유일한 목표다. 그러니 성공의 또 다른 이름이자 성공의 모태가 되는 기쁨을 얻길 바란다.

_ 오프라 윈프리 Oprah Winfrey

에이브러햄 링컨

21세에 사업에 실패했다.

22세에 시의원에 낙선했다.

24세에 사업에 다시 실패했다.

26세에 사랑하는 약혼녀와 사별했다.

27세에 신경쇠약에 걸렸다.

34세에 하원의원에 낙선했다.

36세에 하원의원에 또 낙선했다.

45세에 상원의원에 낙선했다.

47세에는 부통령이 되려 했으나 떨어졌다.

49세에 다시 상원의원에 낙선했다.

52세에 마침내 미국 대통령에 당선되었다.

성공은, 그날 밤 잠자리에 누울 때 누군가를 위해 그날도 헛되이 보내지 않았다는 뿌듯한 안도감으로 마음이 채워지는 것이다. 그 어떤 물질적 지원이 있다 해도, 그래서 우리에게 힘과 용기를 북돋아 준다 해도 우리가 진정 보상받는 것은 사람들의 눈빛에서 나오는 강렬한 감사의 표현이다. 우리가 진실로 느끼는 성공의 보람은 세상을 위해 그날 하루분의 임무를 성실한 땀방울로 적셨다는 자부심이다.

_ 마리안 윌리엄슨 Marianne Williamson

먼저 당신이 택한 직업이 스스로 좋아하는 직업임을 확신해야 한다. 만일 그렇지 않다면 당신의 노력과 시간과 헌신이 성공으로 이어질 수 없을 것이다. 당신의 직업이 즐겁고 흥미로울 때, 그것은 성공을 누리고 있다는 뜻이다. 그렇게 되면 당신은 무슨 일이든 기꺼운 마음으로 시간과 노력과 헌신을 다할 수 있고, 오로지 성공만을 얻기 위해 자신이 어쩔 수 없이 희생당하고 있다는 기분을 전혀 느끼지 않을 것이다.

_ 캐시 위트워스 Kathy Whitworth

전통적인 정의에 따르면 성공에는 두 가지 요소가 필요하다. 재능과 배고픔, 그리고 추진력이다. 나는 이 두 가지에 세 번째 요소를 추가하려 한다. 그것은 낙천성이다. 당신이 이 세상에서 그 어떤 훌륭한 재능의 소유자라고 해도 실패를 극복하지 못하거나 쩔쩔맨다면, 성공이란 거듭되는 실패 뒤에 올 것이므로 실패를 일종의 리허설로 즐겨야 한다는 믿음과 낙천성을 지니지 못한다면, 당신의 재능과 추진력은 일단 한번 낙담해서 주저앉는 그 순간 허무한 물거품이 되고 말 것이다. 성공을 연습한다는 마음으로 실패를 즐기고 극복하라.

_ 마틴 셀리그만 Martin Seligman

~

스스로에게 성공의 비밀이 무엇이냐고 물어보라.
그리고 귀를 기울이라.
그리고 들리는 그대로 실천하라.

리처드 바크 Richard Bach

모든 것을 계획할 수는 없다

존 그리샴 John Grisham

나는 자녀들과 대화를 즐기고 그 대화 속에는 늘 그들의 미래에 대해 언급한다. 즉, 어느 대학에 들어갈 거냐, 무엇을 전공하고 싶으냐 등등 말이다. 그리고 원래가 그렇듯 그들의 미래는 미리 다 계획되어 있다. 자녀들은 정확히 어디로 갈 것이고, 무엇을 할 것이고, 10년 후쯤에 무엇이 되어 있으리란 것들을 촘촘히 직물처럼 짜놓은 것이다.

자녀들의 의욕을 꺾을 의도는 전혀 없지만, 나는 이 말을 하지 않을 수가 없다.

"모든 것을 계획할 수는 없다."

나 역시 소설가가 되리라고 계획한 적도 없고 상상조차 한 적도 없다. 목표를 세우고 그 목표를 향해 차근차근 노력을 해나간다는 것은 인생에서 무척 중요하다. 하지만 인생이란 수학 공식이 아니라서 뜻하지 않은 운명의 기회가 반드시 우리 앞에 얼굴을 내밀기 마련이다.

우리가 계획을 세우거나 생각도 하지 않았는데 전혀 뜻밖의 새로운 기회가 왔을 때, 그 기회를 우연으로 내팽개치지 않고 적극적으로 시도하는 데서 많은 성공을 잉태하는 것이 또한 인생이기도 하다.

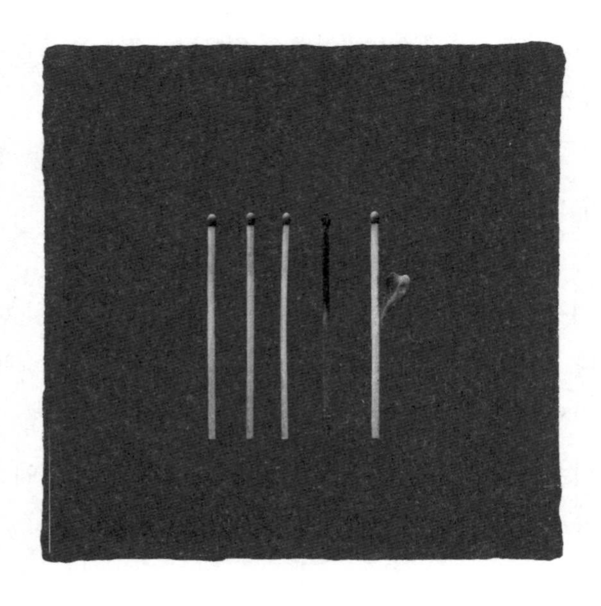

인생의 의미

인생의 유일한 의미는 인간성 회복에 있다.

레프 톨스토이 Lev Tolstoy

~

우리는 어떻게 죽어야 할지 마음대로 결정할 수 없다.
그리고 언제 죽을지도 결정하지 못한다.
우리가 결정할 수 있는 것은 어떻게 살아가느냐, 그것뿐이다.
지금 말이다.

조안 바에즈 Joan Baez

~

죽음의 두려움에 그리 떨기보다는 차라리 불공평한 삶에 대해
마음을 쏟는 편이 삶을 평정하는 것이다.

베르톨트 브레히트 Bertolt Brecht

~

결국 우리가 살면서 무슨 일을 했고 무슨 말을 했느냐는
별 소용 없게 되고, 마지막에는 우리가 서로 사랑해왔다는
것만 남게 된다.

대프니 로즈 킹마 Daphne Rose Kingma

궁극적으로 인생을 어떤 것으로 만들고 우리 자신을
어떤 사람으로 만드느냐는 우리 자신에게 달려 있다.
죽을 때까지 그 만듦의 과정은 멈추지 않는다.
우리가 선택한 길은 전적으로 우리 자신의 책임이다.

엘리너 루스벨트 Eleanor Roosevelt

인생은 짧다. 그러니 여한 없이 살아라.

니키타 흐루쇼프 Nikita Khrushchev

인생이 재미있다는 사실을 알기까지,
그 재미를 발견할 때까지
당신의 영혼은 당신이 모르는 곳에서
아깝게도 방치되어 있다.

제프리 피셔 Geoffrey Fisher

인생이란

조지프 캠벨 Joseph Campbell

인생이 뭐냐고?

당신이 택한 길을 갈 때

새들이 당신 어깨에다 똥을 누는 거지.

그렇다고 귀찮게 새들을 쫓아내려고 애쓰지 말자.

당신이 우스꽝스러운 꼴이 되었다 해도

피식 웃으며 그냥 코믹하게 받아넘긴다면

그것은 당신이 인생에 대해 폭넓은 시야를

남다른 깊이로 소유하고 있음을 말해준다.

살면서 유머 감각을 유지하는 것이 실제로는

정녕 우리를 구하는 진리임을 진지한 유머로 받아들이자.

인생을 사는 방법에는 두 가지가 있다. 하나는 인생에는 기적이 전혀 없다고 여기며 사는 것이고, 다른 하나는 인생은 온통 기적으로 이루어져 있다고 여기며 사는 것이다.

_ 알베르트 아인슈타인 Albert Einstein

~

살아 있고, 볼 수 있고, 걸을 수 있고, 음악을 들을 수 있고,
그림을 그릴 수 있다는 것. 그 모든 것이 기적이다.
기적에서 기적으로 이어진 길을 택하며
나는 삶의 지혜를 얻어왔다.

아르투르 루빈스타인 Arthur Rubinstein

~

인생의 중요한 세 가지가 있다.
첫째도 친절, 둘째도 친절, 셋째도 친절이다.

헨리 제임스 Henry James

인생은 다름 아닌 살아 있음이다. 살아 있으면서 오로지 쾌락과 자만, 재산에만 가치를 두고 선량, 친절, 순수, 사랑, 역사, 시와 음악, 꽃과 별, 신, 그리고 영원의 희망에는 가치를 두지 않는 인생은 살아 있다고 할 수 없기에 거의 죽은 인생이다.

_ 마트비 밥콕 Mattbie Babcock

~

삶을 가치 있게 하는 유일한 방법은
나의 친구를 곤경에서 끌어올리는 것이다.

부커 T. 워싱턴 Booker T. Washington

~

인생의 목표가 뭐냐고? 주어진 인생을 착실히 사는 것이다.
살면서 한껏 경험하는 것, 두려워하지 말고 더 새롭고 더 풍부한
경험을 향해 열렬히 온몸을 던지는 것이다. 그것이 사는 것이고,
그것이 인생의 목표이지 다른 게 있는가!

— 엘리너 루스벨트 Eleanor Roosevelt

인생은 금세 끝난다. 그러니 사랑에 주저할 시간이 없다.

친절을 베푸는 데 망설일 여유가 없다.

앙리 프레데릭 아미엘 Henry-Frédéric Amiel

댄스

밀튼 캇셀라스 Milton Katselas

가장 다루기 힘들고 처리하기 힘든 것이 그대의 인생이다. 생이란 무엇인가? 어떤 삶을 원하는가? 어떻게 되어야 하는가? 성취하기 위해 그대는 무엇을 해야 하는가? 무엇을 받아들일 것인가? 무엇이 좋은 것이고, 무엇이 나쁜 것인가?

인생이 야생 뱀일까? 그대의 선인장을 먹어 치우고, 사정없이 그대를 괴롭히고, 그대를 자기가 가는 대로 끌고 가고, 그대를 소름 돋게 하고, 위협하고 실제로 물고, 그대의 목을 감고 질식시키려 하고, 아니면 간단하게 독을 쏘아 서서히 죽게 하는가? 인생이 그런 뱀의 일종인가? 그대는 뱀의 율동에 맞추느라 허둥거리고, 뱀의 운율에 따라 춤추고, 시간이 멈추지 않는 한 계속 뱀의 노예가 되어 아무것도 할 수 없는가?

인생이란 본래가 그런 것인가? 절대 아니다. 결코 진실이 아니다. 그대가 뱀을 안내할 수 있고, 리드할 수 있고, 유인할 수 있고, 길들일 수 있고, 훈련시킬 수 있다.

인생은 공포에 떨거나 압도당하거나 두려워할 필요가 없는 것이다. 더불어 인생을 대하는 태도도 결단코 비판적일 필요가 없다. 공포, 두려움, 인생이나 다른 것에 대한 비판적 시각 같은 것들이야말로 그대의 자존심을 밑바닥으로 끌어내리고, 참담한 반응을 낳는다. 그 결과는 비참한 인생이다. 인생에 대한 이런 방식은 그대를 저능아로 만들고, 저급 바나나로 등급을 떨어뜨리고, 그대의 조종자만 도와주는 꼴이 되어 결국엔 그대를 할리우드의 기괴한 영화 속 최하위 엑스트라로 전락시키고 만다.

진실을 알자. 인생이라는 한 편의 영화는 그대 것이다. 그대가 시나리오 작가요, 프로듀서요, 감독이요, 영화 속 주인공이다. 그대 인생의 모든 것은 그대가 지은 원작을 바탕으로 하며, 그대의 아이디어에서 나온 것이다.

그대의 인생 여정에서 그대가 무엇을 하느냐, 즉 무엇을 선택하느냐가 그대의 이야기 줄거리를 만들고, 그대의 여행을 창조한다. 그런데 무엇을 하느냐도 중요하지만, 그 무엇을 가지고 어떻게 하느냐가 정말 중요하다. 그것이 어쩌면 인생의 전부다.

자, 여기에 그대가 하고 싶은 일은 무엇이든지 하게 하는 비책이 있다고 하자. 여기에 삶의 비결이 있다고 치자. 그대는 정말 선택할 수 있는가? 그대가 결정할 수 있는가? 원하는 방향대로 가게 할 수 있는가? 그대가 결정하고, 그대가 실행할 수 있는가?

대답은 '그렇다', '그렇다', 계속 물어도 한결같이 '그렇다'이다.

인생은 그대 것이다. 그대가 주인이므로 이해하지 못할 게 없고, 못 볼 게 없다. 인생을 관찰할 수 있다면 거머쥐는 것도 시간 문제다. 그대가 인생의 주인이라면 방향타를 잃고 성난 급류에 무작정 휩쓸려 가는 그런 짐배가 결코 될 리 없다. 주인으로서 뱀의 눈을 정면으로 응시하라. 뱀의 독을 영양가 높은 엄마 젖으로 만들라. 깨무는 것을 키스로 만들고, 목조르기를 포옹으로 만들고, 현혹시키는 춤을 그대의 탱고로 만들라.

인생은 그대 것이다. 그대가 뱀이다. 그대는 댄서이고 춤 그 자체다.

인생을 그대 손에 쥐고 있을 때 잘 살아야 한다. 인생에는 사소한 것이라곤 전혀 없다. 만물의 이치에 따라 가장 조그마한 곳에서 가장 위대한 것이 자란다. 그대의 인생을 제대로 살려면 반드시 스스로 규율을 정해야 한다. 쉽고 편한 목적이나 잘못된 행동이나 변덕스러운 의지에 인생을 함부로 낭비해서는 안 된다. 항상 그대의 생각과 행동, 마음은 변치 않는 하나의 목표를 위해 움직여야 한다. 그 목표는 자신을 위함이 아닌, 신을 위함이어야 된다. 우리는 이것을 인격이라 부른다.

_ 플로렌스 나이팅게일 Florence Nightingale

~

우리가 겁쟁이든 영웅이든 아랑곳없이 인생은 멈추지 않는다. 인생에는 단지 인생을 있는 그대로 받아들이고 살라는 것 빼고는 지켜야 할 규율이나 규제가 아무것도 없다. 이 사실만이라도 제대로 알고 살아야 한다. 우리는 마음먹은 대로 살아간다. 모든 것이 마음에 들지 않으면 두 눈을 돌리고 안 보면 되고, 하기 싫으면 떠나면 되고, 거부해도 되고, 헐뜯어도 무방하며, 무시해도 되고 마지막엔 패배에 이르게 되는 이 모든 행위를 하고 싶다면 굳이 인생은 제지하지 않는다. 그렇게 하고 싶은 대로 인생이 무방비라고 해서 마음 내키는 대로 살아도 될까?

정반대로 시선을 돌려보자. 가만히 뜯어보면, 만일 우리의 마음가짐이 어떤 것에든 열려 있다면, 기꺼이 받아들일 용기만 있다면, 그 어떤 불결과 고통과 악도 미美와 기쁨과 힘의 원천이 될 수 있다. 인생을 그런 마음가짐으로 사는 사람에겐 매 순간이 온통 황금의 시간인 것이다. 인생은 규율이 없다. 규율은 나 자신이 만든다.

_ 헨리 밀러 Henry Miller

인생은 인생을 사랑하는 자를 사랑한다

마야 안젤루 Maya Angelou

판에 박힌 일상생활에 갇혀 살다 보니 인생은 끝없이 이어지는 모험으로 이루어져 있다는 진리를 현대인들은 잊고 있다. 매일 회사에 출근하고 근무하는 일이 반복되다 보니 심지어 우리의 생활에는 그 어떤 불상사도 일어나지 않고 그냥 무사히 우리의 목적지에 도착하게 돼 있다고 믿는 것을 당연시하는 지경에까지 이르게 되었다.

그러나 엄연한 진리는 우리가 아무것도 모른다는 점이다. 내 차가 어디서 사고를 당하게 될지, 버스가 언제 정체 현상을 겪게 될지, 내가 도착할 때쯤이면 회사가 어제 그 위치에 그대로 있을지 없을지, 게다가 인생이라는 여행의 종점에 이를 때까지 우리가 온전히 살아남을지 어떨지 아무것도 모른다는 사실이다.

인생은 철저히 모험이다. 이러한 진리를 더 일찍 깨우치면 깨우칠수록 우리는 더 빨리 인생을 일종의 마술로 취급할 수 있다. 각각의 곤경에 처할 때마다 우리의 모든 힘을 결집시킬 수 있고,

시시각각 변하는 환경을 알아차려 유연하게 대응할 수 있고, 일어날 일이 나중에 실제로 일어나지는 않는다 해도 충분히 용납할 여유를 갖게 된다.

우리 인간은 창조성 있는 존재로 창조되었다는 점과 필요할 때마다 그때그때 새로운 시나리오를 만들어낼 수 있다는 점을 명심할 필요가 있다.

인생은 인생을 사랑하는 자를 사랑한다.

내가 아는 바는, 당신이 인생을 사랑하면

인생도 당신이 사랑한 만큼 당신을 사랑해준다는 것이다.

아르투르 루빈스타인 Arthur Rubinstein

최고의 조언

충고를 무시하는 것은 젊은이의 특권이다.
양쪽이 모두 그들의 특권을 주장할 때,
세상은 시끄럽다.

D. 슈턴 D. Sutton

~

나중에 나이가 들고 늙었을 때, 자신은 헛되이 살았으니
여러분은 그러지 말라고 말하는 그런 사람은 절대 되지 말자.

클레어 오르테가 Claire Ortega

~

여러분의 생애에서 가장 경계해야 할 것은
희망을 바라기만 하는 것이고, 가장 추구해야 할 것은
그 희망 안에 들어가서 함께 살아가는 것이다.
멀리 떨어져서 희망을 우러러보지 말고 바로 희망 안에서,
희망의 지붕 아래서 힘차게 살아가는 것이다.

바바라 킹솔버 Barbara Kingsolver

내가 되려 했던 사람이 못 되었다고 한탄하기보다는

아직 시간이 충분함을 깨달아야 한다.

조지 엘리엇 George Eliot

~

일생에 꼭 지켜야 할 의무가 있다면 그것은

자신에게 정직한 것이다.

리처드 바크 Richard Bach

~

여러분 혼자서 그 모든 일을 다 할 수는 없다.

그 일을 달성하는 데 사람들의 도움을 받는 것을

부끄러워해서는 안 된다.

오프라 윈프리 Oprah Winfrey

생의 단계 단계마다 각각의 시기에 맞는 역할 모델이 필요하다. 어렸을 때만 해당하는 것이 아니다. 그런 역할 모델들이 스스로 당신에게 나타날 것이라고 기대하지 말라. 당신을 돕고 싶어 하는 수준 높은 사람들이 많다. 그러니 그들이 당신을 도와주려고 올 때까지 제자리에서 기다리지 말고, 그대가 제 발로 그들에게 다가가 도움의 날개에 스스로 올라타야 한다.

_ 데이브 토머스 Dave Thomas

머리를 꼿꼿이 들고 가슴을 활짝 펴라.

여러분은 해낼 수 있다.

때로는 어둡지만 날은 곧 밝아온다.

희망의 깃발을 내리지 말라.

제시 잭슨 Jesse Jackson

희망을 향해 나아가는 데 두려움이 우리를 붙들고

전진하지 못하게 해서는 안 된다.

존 F. 케네디 John F. Kennedy

마음을 믿는 것은 아주 현명하다.

조지 산타야나 George Santayana

~

나는 내 인생에서 이런 것을 성취하기를 바란다. 즉, 옳고 정의로운 것을 위해 싸우는 것, 중요한 것을 위해 위험을 기꺼이 감수하는 것, 도움이 필요한 사람들에게 도움을 주는 것, 그래서 내가 해온 일들로 인해 또는 내가 어떤 사람이었는가로 인해 세상을 내가 태어나기 전보다 좀 더 살기 좋은 곳으로 만들었다는 것. 이런 것들을 성취하고 싶다.

_ C. 호프 C. Hope

~

나의 철학은 단순 명쾌하다. 비어 있는 것을 채우고,
가득 찬 것을 비우며, 가려운 곳을 시원하게 긁는 것이다.

앨리스 루스벨트 롱워스 Alice Roosevelt Longworth

~

위대한 자란 천진난만한 마음을 끝까지 잃지 않는 사람이다.

맹자 孟子

이제 안락의 도시를 떠나 여러분의 직감이라는
황무지로 들어서야 할 때다. 그 속에서 발견하는 것은
위대할 것이고, 그것은 모두 여러분의 것이다.

앨런 알다 Alan Alda

~

행운은 모든 것에 깃들어 있다. 물고기가 전혀 없다고 생각되는
지역이라도 낚싯대를 함부로 거두지 말라.

오비디우스 Ovidius

~

옳은 일만 하기에도 시간 여유가 없다.

스파이크 리 Spike Lee

~

내가 한 조각이나마 전할 조언이라면
무엇보다 먼저 유머 감각을 잃지 말라는 것입니다.
마지막에 가면 인생이란 것도 결론은 농담인 거죠.

제프 댄지거 Jeff Danziger

그대가 가진 거라곤 그대 자신뿐인데
왜 자신과 적당히 타협해서 미지근하게 살려고 하는가!
자신과의 타협은 자기 방치다. 타협하기보다는 적극 활용하라.

재니스 조플린 Janis Joplin

이것이 최고의 지상 과제다. 그대 자신에게 진솔하라.

윌리엄 셰익스피어 William Shakespeare

오늘 졸업해서 내일부터 배움을 중지하는 사람은
모레부터는 일자무식인 사람이다.

뉴턴 D. 베이커 Newton D. Baker

신은 나에게 내가 변화시킬 수 없는 것을 겸허히 수용하게 하는
침착과, 내가 변화시킬 수 있는 것들을 할 수 있게 하는 용기와,
그 둘을 분별할 수 있게 하는 지혜를 주셨다.

라인홀드 니부어 Reinhold Niebuhr

여러분에게 제가 드리는 조언은 왜 가야 하고,
어디로 가야 하는가에 대한 요구가 아닙니다. 다만 여러분의
쟁반 위에 있는 아이스크림이 다 녹기 전에 먹으라는 것입니다.
생각만 하지 말고 더 늦기 전에 하고 싶은 일을 하십시오.
녹아서 가고 싶어도 못 가기 전에 말입니다.

손턴 와일더 Thornton Wilder

오늘, 여러분 대다수의 학생 신분이 끝나는 오늘,
제가 드릴 수 있는 가장 이상적인 말은,
인생의 마지막 날까지 계속 학생의 자세로
살아가자는 것입니다.
정신적 빈민가에서 살지 말자는 제안입니다.

수전 손택 Susan Sontag

최고의 철학은 자신의 임무를 다하고,
세상을 있는 그대로 받아들이고,
자신의 운명을 고스란히 껴안고, 자신의 존재에 행복을
불어넣는 선행을 축복하는 마음으로 그 선행이 무엇이든
행복한 마음으로 실천하는 것이다.

호레이스 월폴 Horace Walpole

걷고 먹고 여행할 때, 그대가 있는 곳이 그대의 존재 가치다.
그러지 않으면 그대의 삶은 없는 것이나 마찬가지다.
그대가 있는 곳이 그대의 인생이다.

붓다 Buddha

적을 사랑하라. 그러면 아마 그들은 미쳐버릴 것이다.

퍼시 데일 이스트 Percy Dale East

우리가 얼마나 가졌느냐보다는
우리가 얼마나 즐기느냐가 진정한 행복을 낳는다.

찰스 스펄전 Charles Spurgeon

~

아주 단순하게 들릴지라도 최고의 진리는
가장 훌륭한 사람이 될 수 있도록 힘껏 노력해야
한다는 것이다. 최선의 선택으로 우리가 부여받은
능력을 최대한 발휘함으로써 말이다.

메리 루 레튼 Mary Lou Retton

~

사랑이 세상을 움직이지는 않는다.
다만 사랑은 우리의 삶을 최상으로 만든다.

프랭클린 P. 존스 Franklin P. Jones

~

사랑하는 사람을 찾지 말고
스스로 사랑하는 사람이 되어라.

제임스 레오 헐리히 James Leo Herlihy

인류를 위해 단 하나의 조언을 해달라고 부탁받는다면
나는 이렇게 말할 것이다.
역경은 인생의 피할 수 없는 필수 사항이다.
역경이 닥쳤을 때 고개를 당당히 들고 역경의 두 눈을
똑바로 응시하며 말하라.
"나는 네놈보다 더 커. 그러니 넌 날 이길 수 없어!"

앤 랜더스 Ann Landers

오늘에 전력을 다하고 가능하면 내일을 믿지 말라.

호레이스 Horace

오늘부터 여러분이 만나는 사람들을 오늘 밤에 모두 죽는다는
생각으로 대하라. 여러분이 내부에서 불러낼 수 있는
모든 이해심과 배려심과 친절로 그들을 대하라.
어떤 대가도 바라지 말고 대하라.
그러면 여러분의 인생은 다시는 예전 같지 않을 것이다.

오그 만디노 Og Mandino

스물이든 여든이든 나이의 숫자가 문제되는 게 아니다. 배움을 멈추는 자는 늙어가는 것이고, 배움을 계속하는 자는 젊어지는 것이다. 인생에서 가장 위대한 점은 젊음을 유지하는 데 있다.

_ 헨리 포드 Henry Ford

~

걸음을 유지하고 미소를 유지하라.

타이니 팀 Tiny Tim

~

그대가 세상으로 걸어 나갈 때 기억해야 할 것들 :
동정심과 동정심과 동정심, 그리고 또 동정심,
그것뿐이다.

베티 윌리엄스 Betty Williams

~

법칙이란 없다. 마음 가는 대로 따르라.

로빈 윌리엄스 Robin Williams

그대 존재 자체로 존재하라.

마음에서 우러나오는 대로 말하라.

그것이 인간이다.

휴버트 H. 험프리 Hubert H. Humphrey

여러분은 부정적으로 생각하는 것만큼 긍정적으로

생각할 수 있다고 나는 늘 믿어왔다.

슈가 레이 로빈슨 Sugar Ray Robinson

모든 것은 실천에 달렸다.

펠레 Pele

그대의 야망을 폄하하려는 자를 멀리하라. 원래 그릇이

작은 자들은 늘 그렇다. 진짜 큰 사람은 그대도 덩달아

큰 사람으로 느끼게 만든다.

마크 트웨인 Mark Twain

서두르거나 걱정하지 말라.
그대는 지구에 잠시 들렀을 뿐이다.
그러니 평온하고 느긋하게 꽃의 향기를 음미하라.
머물려고 할수록 누리지 못한다.

월터 헤이건 Walter Hagan

~

챔피언으로서의 본분은 챔피언처럼 행동하는 것이다.
이기는 법도 배워야 하고, 졌을 때 숨지 않는 법도 배워야 한다.
그런데 우리는 성공하면서도 지나치게 자기과시만 일삼기도 한다.
자신감을 잃지 않는 것도 중요하지만 너무 기고만장해서도 안 된다.

_ 낸시 케리건 Nancy Kerrigan

~

말은 조용히 하고 막대기는 큰 것을 가져가라.
그러면 멀리까지 갈 것이다.
생각의 막대기가 우리의 인생을 키우며 묵묵히 가게 한다.

시어도어 루스벨트 Theodore Roosevelt

열 가지 조언

가이 가와사키 Guy Kawasaki

오늘 제가 이 자리에 연사로 서게 된 것은 저로서는 실로 기념비적인 사건입니다. 제 나이가 올해 마흔이고, 22년 전에 저도 여러분이 앉아 있는 자리에 있었지만, 그 당시엔 제가 마흔이라는 나이를 먹을 줄은 상상도 못했죠.

마흔 먹은 연사로 이 자리에 서 있다는 사실이 저를 당황하게 만드는군요. 단 하나의 이유는, 저 자신이 만일 지금 여러분과 같은 졸업생 신분으로 마흔이나 먹은 사람의 연설을 듣는다면 아마 졸도할 정도로 숨이 막혀 전혀 귀담아듣지 않을 게 뻔하기 때문입니다. 여러분을 죽음 직전까지 몰고 갈 만큼 지루한 연설은 사양하겠습니다. 제 연설은 짧고, 달고, 가뿐할 겁니다.

저는 오늘 살아가는 '꾀'에 대해 말하려 합니다. 여러분의 위치에서 지금의 제 위치까지 20년 동안 제가 쌓아온 꾀들입니다. 제 말을 진리로 받아들이는 불상사는 없으리라 걸 알고 있지만, 무조건 제 말을 믿지 마시고 그냥 한번 재미 삼아 들어보십시오. 어쩌면 콩깍지만큼 도움이 될지 모르지 않습니까?

세월은 흘러도 추억은 여전하네요. 그래요, 마흔 먹은 어른도 막상 어린 시절의 자리에 서면 다시 열한 살이 되는 것 같습니다.

#10 능력이 되는 한 되도록 오래 부모님께 의존하십시오.

제가 2년 전 이 자리에서 이 주제로 연설했을 때, 부모님들의 심기를 불편하게 한 것 빼고는 가장 인기 있는 이야기였습니다. 그러니 지금 제가 제대로 길에 들어서고 있는 셈이겠죠. 그렇죠?

저는 고등학교와 대학교를 다닐 때 그야말로 아시아적 근면성을 지닌 학생이었습니다. 공부는 물론 학교생활에서도 모범생의 전형이었으니까요. 오죽하면 3년 반 만에 대학을 졸업했겠습니까? 저는 여행이나 휴가는 아예 염두에 두지 않았습니다. 그게 직장을 구하고 졸업하는 데 아무 도움이 안 되는 편협한 사고방식이었음을 이제야 잘 알게 되었지만 말이죠.

솔직히 그런 생각을 저는 다 피운 담뱃불을 끄듯 짓이겼습니다.

여러분은 어차피 남은 인생을 돈 벌고 일하는 데 소비하게 되어 있습니다. 그러니 서둘러 경주하듯 괜히 앞서서 출발할 필요는 없습니다. 인생이라는 사탕을 조금씩 빨아 먹어야 할 시간이 다가오고 있습니다. 주택 구입과 아이들 양육과 차를 몰기 위해 인생을 소진해야 할 때가 오고 있습니다. 왜 자진해서 귀중한 인생을 남보다 더 빨리 갉아먹히려 합니까?

1학기는 해외여행에 전적으로 투자하십시오. 부모님의 동전과 지폐와 수표에 좀 더 관심을 가지십시오. 목표를 대학 생활 최소 6년으로 설정하십시오.

가능한 한 더 오래 직장 생활을 지연시키고, 여러분보다 더 배운 것은 없고 가진 거라곤 금전뿐인 사람들을 위해 생활을 희생해야 하는 인생의 의무감에서 하루라도 더 멀어지십시오. 그리고 무엇보다 여러분을 위해 기쁘게 지원을 마다하지 않으려는 부모님들의 자발적인 보람의 기회를 여러분이 무슨 이유로 박탈하려 합니까? 전혀 그럴 필요가 없습니다.

#9 행복이 아니라 즐거움을 누리십시오.

이 부분이 아마 여러분이 저와 같은 감정을 공유하는 데 가장 어려움이 큰 항목일 것이라 생각합니다. 여러분에게는 행복이 궁극적인 인생의 목표가 아닐까 짐작하면서도 행복으로 인해 발생하는 어려움에 대해 나름대로 행복을 부담스러운 존재로 생각할 것입니다. 행복을 위해 여러분은 자신을 희생해야 하고, 공부를 게을리하지 말아야 하며, 열심히 일해야 합니다. 게다가 행복이란 대체로 예측 가능해야 합니다. 살기 좋은 집이랄까, 멋진 차랄까, 그런 종류의 풍요로운 물질 말이죠.

자, 중요한 대목이니 경청해주십시오. 제가 정의하는 바로는 행복은 일시적이고 즉흥적입니다. 그러나 즐거움은 예측 가능하지는 않지만 일시적으로 그치지 않습니다. 돈은 있다가도 없어지지만, 즉 돈으로 환산되는 행복은 당장은 예측 가능하지만 우리 뜻대로 주물럭거릴 수는 없는 것입니다.

반면에 즐거움은 우리가 흥미를 느끼고, 우리가 열정을 품는 마음에서 우러나오는 것이어서 즉흥적이거나 일시적일 수 없습니다. 그리고 예측 가능한 당장의 행복도 아닙니다. 즐거움의 원천은 마음이기에 물질적 풍요를 기반으로 하는 행복과는 본질이 다릅니다. 즐거움은 목표 지향적이지 않습니다. 즐거움은 본성 지향적이고 현재 지향적입니다. 행복은 물질에 근원하고, 즐거움은 마음에 근원을 둡니다. 그러니 자연히 행복은 예측 가능한 것이고 즐거움은 예측이 힘든 법이죠.

그러나 엄밀히 따지면 즐거움은 본질적으로 예측 그 자체입니다. 여기에서 저기로 이동하는 것이 행복이라면 즐거움은 여기 이 자체에 항상 머물러 있기 때문이죠. 여기에서 저기로 이동해 풍요를 즐기는 것은 환경과 여건의 영향에 좌우되므로 일시적이지만, 여기 이 자체에 근원적 뿌리를 두고 있는 즐거움은 풍요를 기반으로 하지 않는 예측 그 자체이므로 영원하다고 할 수 있습니다. 이제 정리가 되겠죠?

즐거움은 그렇기에 반드시 행복으로 귀결되지 않는 것도 알겠나요?

그래서 행복이 아니라 즐거움 그 자체를 추구하려면 여러분 자신의 변화가 필요합니다. 그것은 엄청난 자기 자신의 변혁입니다. 왜냐하면 지금까지 여러분은 자신의 본성적 기쁨의 원천을 제대로 교육받지 못한 채 배워왔기에 상당한 자신의 즐거움에 대해 주저하게 될 것입니다. 설령 즐거움의 본성에 따른다 해도 몇 년 후 다시 관성처럼 남들과 같은 방향의 길로 전환하기도 하겠죠.

행복이 아니라 즐거움을 추구한다는 것은 바로 여러분이 사랑하는 것을 공부하라는 것입니다. 물론 이것도 부모님들께는 달가운 말이 아닐 것입니다. 제 경우 저는 '시장 지향적'이었습니다. 이것 역시 동양적인 근면성이었죠.

저는 어떤 분야가 취직 수요가 가장 많은지를 살폈고 거기에 맞춰 준비했습니다. 두뇌를 죽이는 행위였던 겁니다. 이 세상에 생계의 방편이란 널리고 널린 게 아닙니까? 여러분이 모범적인 삶의 성장 단계를 밟아왔다는 것은 그리 중요하지 않습니다. 매킨토시팀에 근무하는 사람이 반드시 컴퓨터공학 학위를 받아야 한다고 생각합니까? 그것 없이도 더 뛰어난 사람이 많습니다. 매킨토시 그 자체가 즐겁다면 학위 이상의 탐구력과 연구 결과를 낳는 법이죠.

여기 계신 부모님들께서도 이 부분에 대해서는 일정 부분 책임을 느껴야 합니다. 자식들에게 부모님이 걸어온 길을 걷도록 강요하지 마시고, 여러분이 못다 한 꿈을 자식들이 대신 이루도록 재촉해서도 안 됩니다. 제 아버님의 경우, 지금 하와이의 상원의원이지만 원래 꿈은 법률가가 되는 것이었습니다. 하지만 고등학교밖에 나오지 못했기 때문에 대신에 제가 변호사가 되기를 바랐습니다.

저는 그분을 위해 법률학교에 갔고, 나 자신을 위해 2주 후에 학교를 그만뒀죠. 이것은 저의 타고난 본성이 얼마나 강한 힘을 행사하는지에 대한 극명한 실제 사례입니다. 변호사는 풍요의 대명사이므로 행복을 가져다주겠지만, 본성을 그르치는 길이어서 즐거움에 역행하므로 저는 영원한 나의 길을 바랐던 것입니다.

#8 아는 것에 도전하고 모르는 것을 포용하십시오.

여러분이 살면서 저지르는 큰 실수 중 하나가 아는 것은 받아들이고 모르는 것은 배척하고 보는 것입니다. 실상은 정반대로 해야 옳은 행동입니다. 아는 것에 도전하고 모르는 것을 포용하십시오.

얼음에 대한 짤막한 일화 하나를 이야기할까 합니다. 1800년

대에 얼음산업은 북서 유럽에서 대단히 번창하고 있었습니다. 여러 회사가 앞다퉈 호수나 연못의 얼음들을 잘라 전 세계에 팔았죠. 가장 큰 배는 200톤급이나 되었고, 얼음을 가득 실어 주로 인도로 수출했습니다. 비록 항해 중에 100톤 정도의 얼음은 녹아버렸지만, 나머지 100톤만으로도 수지맞는 장사였죠.

그런데 이런 자연 얼음 생산 사업자들은 어느 날 화학적으로 인공 얼음을 만드는 신종 사업자들에게 자리를 내줘야 했습니다. 얼음을 애써 자르고 일일이 배에 실어 나르고 하는 일이 불필요하게 된 거죠. 얼음을 자체적으로 적정량만큼 만들어내는 공장들이 각각의 도시에 들어섰으니까요.

그런데 이런 인공 얼음 공장도 나중에 냉장고가 등장함에 따라 어쩔 수없이 사업을 접어야 했습니다. 얼음 만드는 방법이 쉽고 편리하다면 모든 집에서 냉장고 하나쯤 장만하는 것이 값진 투자였고 인류의 대단한 발전이 아니고 무엇이겠습니까?

여러분은 물을 것입니다. 만일 인공 얼음이 좋다면 왜 자연 얼음을 채취하는 사람들은 인공 얼음 공법을 익히지 않았느냐고요. 그런데 보십시오. 자연 얼음 채취자들은 이미 모두가 아는 기술만 보유하고 있었을 뿐입니다. 모두가 이미 익히 아는 것들 말입니다. 더 좋은 톱질과 더 나은 저장과 더 효율적인 운송법 따위 말입니다.

그다음엔 이런 질문을 하겠죠. 그렇다면 인공 얼음을 만드는 사람들은 충분히 냉장고의 이점을 알고 그것을 응용해야 마땅하지 않으냐고 말입니다. 거기에 저의 핵심 주장이 있습니다. 진실은 이렇습니다. 인공 얼음 제조자들은 냉장고의 이점과 원리, 그러니까 그들이 모르는 것을 받아들이지 않았던 것입니다. 아예 처음부터 모르는 것은 배격 대상으로 간주해버린 것이죠. 모르는 것을 깨쳐서 그것을 뛰어넘는, 더 나은 것으로의 비상을 애초에 꿈도 꾸지 않은 것입니다.

아는 것에 도전하고 모르는 것을 적극 수용하십시오. 그러지 못하면 여러분도 얼음 채취자들이나 얼음 제조자들처럼 도태됩니다.

#7 외국어를 배우고, 악기 연주법을 배우고, 혼자 하는 운동을 하십시오.

외국어를 배우십시오. 저는 고등학교 때 어휘력을 늘리기 위해서 라틴어를 배웠습니다. 어휘력은 늘었지만, 제 말을 잘 새겨두십시오. 외국어란 세계인으로서 세계와 대화하기 위해 배우는 것인데 제가 잘못 판단하고 선택한 겁니다. 로마 교황청을 제외하고 라틴어로 대화하기란 하늘의 별 따기입니다. 제가 그렇게 피하려고 했지만, 좀 과장하자면 아직도 교황님이 가끔 제 조언을 구하려고 저를 찾는답니다.

악기를 다룰 줄 알아야 합니다. 사람들은 저에게 '가이 롬바르도Guy Lombardo'라는 별명을 붙여줍니다. 저를 믿으십시오. 가이의 형제인 '카르멘'이라고 불리는 것보다는 훨씬 유익하고 바람직합니다. 악기를 연주한다는 것은 자기 자신의 기분과 영혼을 제 혼자 힘으로 연주한다는 것이고, 더욱 유용한 것은 우리가 언제 어디서나 하고 싶을 때는 어떤 조건이나 도움 없이 혼자서도 충분히 값진 시간을 연주할 수 있다는 점입니다. 지금은 물론이고 평생 말이죠. 영혼의 평생 친구를 두고 위안과 인생의 고달픔을 아름답게 연주하는 것입니다.

저는 풋볼을 합니다. 풋볼을 좋아합니다. 풋볼은 얼마나 남성적입니까? 저는 수비형 미드필더였습니다. 남성적인 운동 중에서 가장 남성적인 역할이죠. 하지만 저는 여러분에게 농구나 롤러스케이트같이 혼자 할 수 있는 운동을 권하고 싶습니다. 이런 운동은 장소나 때를 가리지 않고 언제 어디서든 할 수 있으니까요. 라틴어로 회화하기가 어려운 만큼 여러분이 나이 마흔이 됐을 때 스물두 명의 친구를 모으는 것도 그리 만만치 않습니다. 하지만 혼자 멋진 다이빙으로 하늘을 난다는 것은 정말 현명하고 요령 있는 모습 아닙니까? 건장한 남성미가 철철 넘치는 풋볼 선수들이 여건이 되지 않아 집에서 텔레비전을 보거나 선술집에서 할 일 없이 맥주나 들이켜고 있을 때 말입니다.

#6 배움을 멈추지 마십시오.

배움은 과정이지 행사가 아닙니다. 저는 학위를 받는 것으로 배움이 끝났다고 생각했지만, 진실은 그렇지 않았습니다. 배움은 끝이 없습니다. 정말이지, 여러분이 일단 학교를 졸업하면 배움은 더 쉬워집니다. 왜냐하면 여러분이 알아야 할 지식, 필요한 지식이 무엇인지 명확해지기 때문입니다. 배움과 필요의 함수성이 살아감의 둘레 안에서 짝을 이루기 때문입니다.

지금 당장 더 체계적이고 정교한 환경 속에서 배우십시오. 물론 비용 부담은 부모님의 몫이죠. 부디 '학교'와 '배움'을 혼동하지 마십시오. 여러분은 학교에서도 아무것도 배우지 않을 수 있지만, 학교 없이도 굉장한 것을 배울 수 있기 때문입니다.

#5 자신을 사랑하는 법을 배우되, 아직 이르지 못했다면 자신을 사랑할 수 있을 때까지 스스로 변화하십시오.

저는 마흔 살의 약물 중독자 여성을 알고 있습니다. 그녀는 세 자녀의 어머니이며, 고등학교 때 대마초를 피우며 약물 중독에까지 이르게 되었습니다.

저는 마약의 해악을 말하려는 것이 아닙니다. 여러분, 저도 고등학교 때 대마초를 피웠답니다. 빌 클린턴 대통령은 안 피웠다지만 저는 대마초를 흡입했고, 빌 클린턴 대통령은 멀리했다지만 저는 대마초를 내뿜었습니다.

그녀는 제게 "정신이 말짱하면 지독한 자기혐오에 시달려 마약을 했다"고 말합니다. 그녀 역시 자기 자신을 미워하는 만큼 마약도 지독히 싫어했습니다. 마약이 해결 수단은 되었지만, 마약이 원인은 아니었던 것이죠.

끝없는 나락으로 추락하고 있는 자신의 실상을 절감하고서야 그녀의 인생은 180도 바뀌었습니다. 여러분의 인생을 안정시키십시오. 그래야 마약 같은 것이 필요하지 않게 됩니다. 사실 따지고 보면 마약은 해결 수단도 못 되고, 그렇다고 문제가 되는 것도 아닙니다.

솔직히 털어놓자면, 흡연도 마약도 알코올도 IBM PC에 몰두하는 것도 어리석음의 징표들이죠. 대화의 단절 아닙니까? 자신을 사랑하지 못하면 인생이 흔들리고, 인생이 흔들리면 그 어떤 해결책도 없습니다. 자신을 사랑하면 남을 사랑하고 싶고, 남을 사랑하려면 대화가 필요하고, 대화를 나누면 인생이 안정되는 선순환의 과정입니다.

#4 너무 서둘러서 결혼하지 마십시오.

저는 서른셋에 결혼했는데, 그 정도가 적당하다고 봅니다. 그 나이쯤 되어서야 어느 정도 자신에 대해 알게 되고 결혼 상대방에 대해서도 알게 됩니다.

결혼을 너무 일찍 했다는 사람들은 많이 봤어도 너무 늦게 했다는 사람은 별로 보지 못했습니다. 여러분이 결혼하겠다는 결심이 섰을 때 반드시 스스로 확신을 가져야 하는 점은, 지금 현재의 그 남자나 그 여자의 존재 그 자체가 좋아서 충분히 그 사람을 받아들일 자세가 되어 있다는 마음가짐입니다.

#3 이기기 위해 시합하고 시합하기 위해 이기십시오.

이기기 위해 게임을 한다는 것은 여러분이 할 수 있는 가장 멋진 일 중 하나입니다. 그것은 여러분의 잠재력을 충족시켜줄 수 있고, 여러분에게 세상을 개선할 수 있다는 자신감을 심어주며, 역시 모든 사람이 여러분에게 거는 기대감도 높여줍니다.

그런데 진다면? 지는 경우 여러분이 정말 큰 시합이어서 졌다는 점을 상기하십시오. 프린스턴 대학의 경제학 교수 애비너시 딕시트와, 예일대의 경영학 교수 베리 네일버프는 이런 식으로 말했습니다. "설사 실패하더라도 어려운 일에 실패하라. 실패는 다른 사람들이 당신에게 가지고 있는 기대감을 떨어뜨리므로 당신이 어떤 일을 하다가 실패했느냐가 매우 중요하다는 점을 염두에 둬야 한다."

지극히 순수하게 해석하자면, 이기는 것은 수단이지 목적이 아니며, 이기는 것은 여러분 자신과 여러분의 경쟁력을 향상시키는 방법입니다. 그러니 일종의 큰일을 이루기 위한 수단이죠.

이긴다는 것은 또한 다시 시합을 한다는 것을 뜻합니다. 실험받지 않는 인생은 살 가치가 없고, 살지 않는 인생은 실험할 가치가 없다는 말을 잘 상기하면 살기 위해 계속 시합이라는 실험을 자신에게 해야 합니다. 승리의 보상인 돈, 권력, 만족, 그리고 자신감은 함부로 허비하지 말아야 합니다. 여러분의 삶은 실험할 가치를 끊임없이 지녀야 하기 때문입니다.

이기기 위해 시합한다는 것에 덧붙여 더욱 중요한 여러분의 임무는 무엇입니까? 여러분의 투지와 의지의 깊이와 넓이와 높이를 실험 받고 향상시키기 위해 거듭 경쟁해야 한다는 것입니다. 궁극적으로 여러분의 진정한 경쟁자는 바로 여러분 자신입니다. 그 경쟁자를 위대하게 만들어야 여러분도 위대해집니다. 그러니 이기기 위해 시합하고, 계속 시합하기 위해 이기십시오. 여러분 자신인 경쟁자를 위대하게 만드십시오. 그러면 여러분이 위대해집니다.

#2 절대적인 것에 복종하십시오.

이기려고 시합하라는 말이 비신사적으로 시합하라는 말은 아닙니다. 여러분이 앞으로 나이를 먹으면 먹을수록 현상들이 절대적인 것에서 상대적인 것으로 변하게 됨을 알게 될 것입니다. 여러분이 아주 어렸을 때 거짓말하고, 속이고, 훔치는 것은 절대적으로 나쁜 짓이었습니다. 그런데 나이를 먹을수록 특히 사회생활을 하면 할수록 상대적 기준으로 판단하도록 점점 유혹을 받게 됩니다. "내가 돈을 더 많이 벌었다", "내 차가 더 좋다", "내가 더 멋진 휴가를 보냈다"는 식으로 말이죠.

더 나쁜 것은 "나는 내 동료만큼 그렇게 많이 탈세하지는 않았다", "술만 약간 입에 댈 뿐이지 누구처럼 코카인은 전혀 하지 않는다", "다른 사람들만큼 그렇게 많이 금전 지출보고서를 뻥튀기하지 않는다" 같이 상대적인 말은 아주 잘못된 것입니다. 여러분은 되도록 절대적인 것에 가치와 판단의 기준을 두기 바랍니다. 만일 여러분이 결코 거짓말을 하거나 속이거나 훔치지 않았다면 누구에게 거짓말을 했는지, 어떤 식으로 남을 속였는지, 무엇을 훔쳤는지 조금도 염려할 필요가 없지 않습니까?

절대적으로 절대적인 옳음과 그름이 있는 것입니다.

#1 사라지기 전에 가족과 친구들을 즐기십시오.

이것이야말로 지금까지 한 말 중에서 으뜸가는 꾀입니다. 설명도 필요 없고 그대로 반복해서 받아들이면 됩니다. 그들이 사라지기 전에 가족과 친구들을 즐기십시오. 돈도 명예도 권력도 그 어느 것도 여러분의 가족과 친구를 대신할 수 없으며, 일단 사라지면 그들은 영영 돌아오지 못합니다. 우리의 가장 큰 즐거움은 우리의 아기들이었습니다. 그리고 제가 예상컨대 어린아이들도 역시 크나큰 기쁨을 줄 것입니다. 특히 그들이 대학 4년을 무사히 졸업한다면 더 큰 희열이겠죠.

이제 저는 여러분에게 별로 내키지 않는 조언을 해야겠습니다. 오늘 사실 여러분의 부모님들이 제 말로 인해 부담해야 할 금전적 손실이 이만저만이 아닐 것이기 때문입니다. 대체로 여러분도 나이를 먹으면 먹을수록 부모님의 말씀이 옳았다는 사실을 뼈저리게 느낄 것입니다. 여러분이 어느덧 부모가 되면 여러분도 지금 이 말에 더욱 고개를 끄떡이고 싶을 겁니다. "그래, 맞아, 맞고 말고." 그러니 제 말을 새겨두십시오.

지금까지 말한 열 가지 조언을 기억하십시오. 이 열 가지 가운데 단 하나라도 여러분 중 단 한 사람에게 제대로 도움을 준다면 제 연설은 성공적이었다고 자찬하겠습니다.

졸업을 진심으로 축하하며, 경청해주어 감사합니다.

하루도 빠짐없이 매일 내 마음속에서 일어나는 믿음이 있다.
나 자신을 최우선으로 사랑하자.
나머지는 그다음 차례다.
이 세상에 태어나 그래도 뭔가를 남기려면
나 자신부터 사랑해야 한다.

루실 볼 Lucille Ball

~

중요한 점은 질문을 멈추지 않는 것이다.
호기심은 그 나름의 존재 이유가 있다. 인간은 영원과 인생, 실존의
어마어마한 구조물이기에 그에 대한 경외심을 뿌리칠 수가 없다.
매일 그만큼 일정 분량의 호기심을 이해하려고 노력하는
것만으로도 충분하다. 죽을 때까지 호기심을 잃지 않게 하자.

알베르트 아인슈타인 Albert Einstein

만족한 삶을 위한 아홉 가지 필수 요소

요한 볼프강 폰 괴테 Johann Wolfgang von Goethe

일을 즐길 수 있을 정도의 건강한 육체.

필요할 때 충당할 만큼의 부富.

난관을 헤쳐가고 역경을 극복할 역량.

자신의 죄를 고백하고 그 죄를 용서할 수 있을 만한 위엄.

좋은 결과가 나올 때까지 땀을 흘릴 만큼의 인내력.

이웃에게서 좋은 점을 볼 줄 아는 관용.

다른 사람에게 자신이 유용하고 도움이 되도록
희생할 수 있는 사랑.

신의 말씀을 실체화할 수 있는 믿음.

미래의 모든 불안한 두려움을 제거할 수 있는 희망.

어제는 폐기된 수표이고,
내일은 약속어음이며,
오늘이 그대가 가진 유일한 현금이니,
오늘이라는 현금을 잘 사용해야 한다.

케이 라이언스 Kay Lyons

~

내가 젊었을 때 나는 세상을 바꾸려고 했다. 그러나 세상을 바꾸는 것이 불가능함을 알았다. 그래서 내 나라를 바꾸기로 결심했다. 그것 역시 의도대로 바꾸기가 어려움을 알았다. 그다음에 나는 내가 사는 마을 정도만 바꾸자고 결심했다. 그것 역시 되지 않았다. 늙어서는 내 가족이라도 바꾸려고 했지만 이렇게 늙고 나서야 나는 비로소 깨닫는다. 내가 이 세상에 태어나 바꿀 수 있는 유일한 것은 바로 나 자신뿐이라는 것을. 그러자 갑자기 이런 생각이 떠올랐다. 만일 오래전 젊었을 때 나 자신을 바꿔놓았다면 내 가족에게도 큰 영향을 미쳤을 것이고, 나와 우리 가족은 또 우리 마을에도 지대한 변화를 일으켰을 것이다. 그렇게 되면 마을은 나라를, 나라는 또 세상을 변화시키지 않았겠는가.

서기 1100년, 미상의 수도사

우리의 삶은 항상 변한다. 우리가 만나온 옛 친구를 모두 간직한다는 것은 우리가 지금까지 입은 옷들을 옷장에 빠뜨리지 않고 다 간직하는 것과 같다. 얼마 가지 않아 옷장은 가득 찰 것이고, 너무도 빽빽해서 입을 옷 한 벌을 찾기도 힘들 지경에 이를 것이다. 친구들이 도움을 청할 때 기꺼이 도울 능력만큼 도와주는 것도 좋고, 서로가 함께 나눈 시절과 행복했던 때를 감사하며 늘 가슴에 간직하는 것도 좋다. 그렇다고 해서 새로 사귄 친구가 지금 당신에게 더 큰 의미를 지닐 때 굳이 옛 친구에게 죄의식을 느낄 필요는 없다.

_ 헬렌 걸리 브라운 Helen Gurley Brown

맨 처음엔 고등학교를 졸업하고
대학에 들어가고 싶어 미칠 것 같았다.
그다음엔 대학을 마치고 직장에 다니고 싶어
역시 미칠 것만 같았다.
그러고는 결혼하고 아이를 가지고 싶어
또한 미치는 줄 알았다.
그 뒤엔 아이가 빨리 자라서 직장에 복귀하기를
미친 듯 원했다.
그런 다음엔 하루빨리 은퇴를 하고 싶어
죽도록 안달이 났다.
그리고 지금, 죽음을 눈앞에 둔 지금 천둥처럼 내리치는 깨달음.
나는 사는 것을 잊어먹고 살았구나!
그 대신 조바심만 살리며 살았구나!

작자 미상

우리 모두에게는 우리 앞에 놓여 있는 길을 통과할 권리와 의무가 있다. 물론 그동안 우리가 걸어온 길에 대한 책임과 권리도 마찬가지다. 그런데 만일 앞으로 걸어가야 할 길이 불길하거나 막막한 불확실성에 싸여 있을 때, 그래서 다시 돌아 나오려는 길도 달갑지 않을 때, 그때 우리는 단호히 결심해야 한다. 여행에 꼭 필요한 장비만 가지고 또 다른 새로운 길로 들어서야 한다.

_ 마야 안젤루 Maya Angelou

~

그대가 한 시간을 행복하려면 선잠을 자라.
그대가 하루를 행복하려면 낚시를 하라.
그대가 한 달을 행복하려면 결혼을 하라.
그대가 일 년을 행복하려면 유산을 물려받으라.
그대가 평생을 행복하려면 자비를 베풀라.

중국 속담

이것을 행하라

월트 휘트먼 Walt Whitman

다음과 같이 행하면 될 것이다.

지구와 태양과 동물들을 사랑하라.

부자들을 부러워하지 말고 온정을 바라는 자에게 자선을 베풀라.

어리석은 사람도 정신이 비정상적인 사람도 그대가 적극 나서서 보호하라.

그대의 수입과 노동을 타인을 위해 사용하라.

독재를 증오하고, 신에 대해 논쟁하지 말라.

사람들에게 인내와 관대함을 가지라.

아는 것이든 모르는 것이든, 어떤 사람이든 일련의 집단이든 그들을 향해 경거망동하거나 거만을 부리지 말라.

비록 배우진 못했으나 정신력이 강인한 이들과 격의 없이 가까이 지내라.

무모한 젊은이나 지나치게 엄격한 부모와도 허물 없이 마음을 터놓고 자유로운 이해 속에서 친밀감을 유지하라.

살아가면서 매년 맞는 사계절의 창공 위에 매달린 잎새를 바라만 보지 말고 그 생명의 움직임을 자세히 읽으라.

그대가 학교나 교회나 또는 읽은 책들 속에서 듣고 본 것들을 다시 한번 천착해보라.

그대의 영혼을 갉아먹는 모든 비웃음을 철저히 배격하라.

이 모든 것을 이행한 뒤 어느새 마음이 고요한 큰 바다의 넉넉함으로 채워졌을 때, 비로소 그대의 육체도 정신의 고결함으로 인해 한 편의 아름다운 시가 되고, 그대가 하는 말도, 고요히 다문 입술도, 온화한 얼굴도, 두 눈썹 사이의 미간도, 그대의 모든 움직임과 몸 구석구석까지 그대의 육신은 그윽한 향기로 세상을 부드럽게 만들 것이다.

1946년에 제가 양키스에 입단한 뒤로 많은 사람이 저를 예로 들어 거론해왔습니다. 그런데 전에 말씀드렸듯이 저 역시 못다 한 말이 있습니다. 오늘 이 자리에서 저는 그동안 가슴에 품었던 이야기를 하려 합니다.

첫째, 끝났다고 확인될 때까지 결코 끝난 게 아니니 절대 포기하지 마십시오.

둘째, 앞으로 전개될 기나긴 인생의 길 위에서 갈림길에 섰을 때 한 쪽 길을 과감히 택하십시오.

셋째, 절대 남들을 따라가지 마십시오. 너무 많은 사람으로 북적거리는 길은 여러분이 따라가기엔 더 이상 의미가 없습니다.

넷째, 항상 이성을 잃지 마십시오. 명석한 눈으로 바라보면 많은 지혜를 발견할 수 있습니다.

마지막 다섯째, 여러분이 살면서 어떤 일을 하든 그 일의 대부분은 여러분의 정신적 역량에 좌우된다는 점입니다.

_ 요기 베라 Yogi Berra

작은 소유로도 만족하며 사는 법: 사치보다는 우아함을 추구한다. 패션보다는 세련미를 개발한다. 풍요롭게 살되 우러러보지 않고, 풍요롭게 살되 부자가 되지 않는다. 열심히 배우고, 차분히 생각하고, 부드럽게 말하고, 솔직히 행동한다. 크게 열린 마음으로 별과 새장의 새소리에 귀를 기울인다. 모든 것을 즐거운 마음으로 마음에 품고, 어떤 일이든 용감하게 맞서고, 때를 기다리며, 결코 조급해하지 않는다.

한마디로 요약하면 정신적인 것과 자발적인 것과 무의식적인 것들이 상식을 거쳐 자라게 하는 것이다. 이것이 내가 연주하는 인생 교향곡이다.

_ 윌리엄 헨리 채닝 William Henry Channing

만일 내가 젊은 친구들에게 충고한다면, 특히 원대한 포부를 지닌 젊은이들에게 충고한다면 내가 해줄 충고는 가족에게 충실하라는 것이다. 정치도 중요하고 사업 성공도 중요하다. 세계를 돌아다니고, 세계 평화를 위해 의미 있는 일을 하는 것도 대단한 위업이다. 하지만 가족과 친구와 믿음이 그 무엇보다 우선해야 한다. 살아갈수록 이에 대한 확신은 더욱 굳어진다.

_ 조지 부시 George Bush

~

인생의 모든 방면에서 가능한 한 모든 것에 민감하라. 민감해야 한다. 둔감함은 무관심을 일으키고 무관심만큼 나쁜 것도 없다. 무관심은 한마디로 실제로 죽기도 전에 사람을 죽은 상태로 만든다. 무관심은 관계의 중심에 냉담을 설정하는 것이어서 더 이상 아름다움이나 우정, 선이나 그 어떤 것도 느끼지 못하게 만든다. 그러하니 둔감해져선 안 된다. 예민하고 민감해야 한다. 물론 상처를 입을 수도 있다. 민감하다는 것은 고통스러울 수 있다. 그러나 어쩌랴. 오로지 그대가 민감해야 할 사람들만 생각하라. 그들의 고통이 그대의 고통보다 더 크니 걱정하지 말라.

_ 엘리 위젤 Elie Wiesel

그대의 생각이 그대의 말이 된다.

그대의 말이 그대의 행동이 된다.

그대의 행동이 그대의 습관이 된다.

그대의 습관이 그대의 성격이 된다.

그대의 성격이 그대의 운명이 된다.

프랭크 아웃로 Frank Outlaw

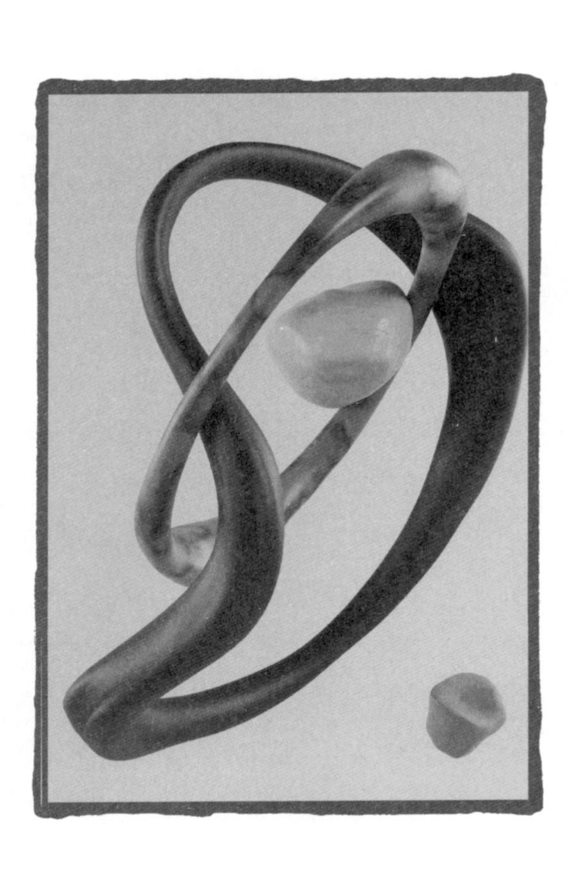

미래를 향한 꿈

인생의 항해

캐서린 D. 오르테가 Katherine D. Ortega

오랫동안 나는 "인생은 발견을 위한 항해이고 안전한 항구란 존재하지 않는다"는 사실을 깨달았다. 우리가 인생을 조종하면서 앞으로 나아가고 더불어 우리가 사랑하는 조국도 염려에 둔다는 것은 모두가 일종의 항해다. 우리는 두려움과 공존하며 살아가는 법도 배우고, 앞에 놓인 장애물들을 헤쳐가는 법도 배우고, 시대의 도전에 직면해 아무리 깊은 고민에 빠지더라도 위험을 감수하는 법도 배우며 살아간다.

때로는 삶이 버거워 미래에 대해 불평도 늘어놓는다. 때로는 단지 미래를 우리 것으로 만들기 위해 거의 의무감처럼 한 걸음 한 걸음 무거운 걸음을 옮기기도 한다. 그리고 마음속으로 투덜거린다. 도대체 이 한 걸음이 무슨 의미가 있단 말인가! 미래가 무슨 큰 이득을 안겨준단 말인가!

하지만 굴 껍데기 안에서 빛나는 진주를 잊지는 말자. 현재가 고달프다고 미래의 가치에 고개를 돌려서는 안 된다. 오늘 이 자리에서의 말을 잊지는 말기로 하자. 무엇보다 그 긴긴 세월 동안 우리의 부모님과 선생님과 친구들이 베풀어준 사랑의 투자를 잊지 말기로 하자. 그들은 한결같이 우리에게 인생의 지휘봉을 기꺼이 넘겨주었고, 인생의 항해를 무사히 잘하기를 기도하고 있으니 미래의 찬란한 빛을 따라 계속 힘차게 전진하는 것이다.

큰 꿈을 꾸는가?

글쎄, 혹시 그 꿈이 오히려 당신을 가로막지는 않는가?

나에겐 땀의 결실만이 성공의 유일한 열쇠다.

모든 것은 그만큼의 지불을 해야 하는 법,

당신은 지불할 준비가 되어 있는가?

타이거 우즈 Tiger Woods

믿음과 희망은 꿈의 해독제다. 그대의 꿈을 왕성하고

활기차게 밀고 나가라. 꿈으로 일군 세상은

인류 모두가 살고 싶은 곳이다.

주얼 킬처 Jewel Kilcher

집에 있거나 여기에 있거나

제가 여러분에게 하고 싶은 말은 여러분 자신을 굳게

믿는 한 꿈은 실현할 수 있다는 것이다.

로지 오도넬 Rosie O Donnell

장난하다 잘못도 저지르고 꿈도 크게 품으라.
인생의 깊은 진리는 어린 시절의 놀이 속에 있을 때가 종종 있다.

프리드리히 실러 Friedrich Schiller

꿈을 이루고자 하는데 항상 남들의 뒤꽁무니만
따라다니면 되겠는가! 스스로 장벽을 돌파하고
그대 자신만의 꿈의 길을 찾으라!

레스 브라운 Les Brown

여러분이 바라는 꿈이 무엇이든 꿈을 꾼다는 것,
그것은 아름다운 인간의 마음이다.
여러분이 바라는 것은 무엇이든 해본다는 것,
그것은 강한 인간의 의지다.
자신을 믿고 자신의 한계를 시험한다는 것,
그것은 성공을 향한 인간의 용기다.

버나드 에드몬즈 Bernard Edmonds

지금 실제의 자신과 되려고 바랐던 자신의 차이만큼
더 큰 낭비인 황무지는 이 세상에 없다.

벤 허브스터 Ben Herbster

~

그때 이후로 소년은 자신의 본성을 이해하게 되었다. 그는 본성에 계속 간청했다. 제발 본성이 자신을 계속 일깨우게 해달라고 말이다. 소년이 꿈으로부터 멀리 벗어나 헤맬 때마다 본성이 소년을 꼬집어주고 경종을 울려달라고 부탁했다. 소년은 경종이 울릴 때마다 그 경종의 메시지에 귀를 기울일 것임을 거듭 다짐했다.

_ 파울로 코엘료 Paulo Coelho

~

간절히 바란다면 꿈은 반드시 이루어진다.
다른 모든 것을 포기할 각오로 어떤 것을 얻고자 한다면
얻지 못할 게 없다.

제임스 매튜 배리 James Matthew Barrie

솔직히 고백하건대 인생을 살면서 때로는 한가로이 유유자적해야 할 필요도 반드시 있다. 편안한 자세로 등을 기대고 사색에 잠길 때가 있다. 종종 기발한 발상이나 아이디어도 명상에 잠기거나 두 발을 쭉 뻗고 느긋하게 순항할 때 떠오르는 경우가 있다. 하지만 이 모든 사실에도 불구하고 계획을 세우는 시간이 있어야 하고, 미래를 주시하는 시간이 있어야 하고, 인생에 더욱 적극적으로 뛰어들어야 할 때가 있는 법이다. 어떻게 평생 편한 순항만을 할 것인가. 연료는 떨어져가고, 나이는 먹어가고, 인생의 페이지는 우리를 기다리지 않고 계속 넘어간다.
그러니 부탁하건대, 더욱 활동적으로 인생에 몰두하라! 인생을 부둥켜안고 마음껏 사랑하라!

_ 루돌포 아나야 Rudolfo Anaya

~

그 어디에도 에덴동산이나 천국의 문 같은 곳은 없다.
그것은 그대가 스스로 만들어야 하는 곳이다.
하지만 그 과정에서, 그대가 꾸는 꿈속에서
그대가 얻고자 하는 모든 답을 발견할 수 있다.

_ 댄 포글버그 Dan Fogelberg

더 이상 꿈꾸지 못할 때, 인간은 죽는다.

엠마 골드만 Emma Goldman

~

희망은 세상을 떠받치는 기둥이요,

희망은 걷는 자의 꿈,

살아 있는 자의 꿈, 생각하는 자의 꿈이다.

가이우스 플리니우스 세쿤두스 Gaius Plinius Secundus

~

진정으로 뭔가를 원한다면

과연 어찌하면 이룰 수 있을지

그대는 답을 알게 된다.

셰어 Cher

~

그 누구도 감히 그대의 꿈에 손댈 권리는 없다.

매리언 라이트 에델만 Marian Wright Edelman

그대가 가진 꿈조차 없는데
어떻게 꿈을 실현하겠다는 말인가?

오스카 해머스타인 Oscar Hammersrein

그대의 꿈과 현실의 괴리가 크다고 걱정하지 말라.
그 꿈에 집중하면 꿈을 현실로 만들 수 있다.

벨바 데이비스 Belva Davis

꿈처럼 현실적인 것이 어디 있겠는가. 그대 주위의 세상은 자꾸 변해도 그대의 꿈은 변하지 않고 있다. 책임감 때문에 꿈을 없앨 필요는 없다. 의무감 때문에 꿈을 희석시킬 필요도 없다. 먹고사는 건 먹고사는 것이고 꿈은 꿈이다. 그 둘은 그대가 나란히 공존시켜야 한다. 꿈은 아무도 손을 집어넣을 수 없는 그대의 마음속에 있지 않은가? 먹고사는 것을 핑계로 꿈을 버린다는 것은 자신의 양심을 버리는 것과 같고 자살 행위와 같다. 꿈은 현실이다. 결코 비현실 속의 외딴섬이 아니다. 거듭 말하거니와 현실과 꿈은 병존하게 되어 있다. 둘 다 현실이니까 말이다.

톰 클랜시 Tom Clancy

깨우침의 순간은 바로 어떤 사람이 지닌
꿈의 가능성이 앞날의 가망성으로 변하는 때다.
막연한 가능성이 눈에 보이는 가망성으로
전환되는 순간 말이다.

빅 브레든 Bic Braden

거대한 꿈을 좇더라도 그대가 진정으로 되고 싶은 인격체를 결코 잊어서는 안 됩니다. 직업의 성공보다, 개인 작업의 성취보다 더 짜릿한 것은 살아가는 과정에서 점점 만들어지는 인격입니다. 아주 깊숙한 자아로 침잠해 들어가면 그대는 마침내 그대가 바라는 인격체를 보게 됩니다. 그 인격체는 완벽한 자부심으로 채워진 사람입니다.

_로버트 H. 슐러 Robert H. Schuller

몽상가는 달빛으로만 길을 찾을 수 있는 사람이다.
그는 남보다 먼저 새벽을 맞이해야 하는 벌을 받은 사람이다.

오스카 와일드 Oscar Wilde

꿈은 어떤 향취도 없고,
인간의 영혼을 뒤흔들 그 어떤 힘도 없다.
그런데도 인간은 꿈에 취하고
꿈의 노예가 되기를 자청한다.

빅토르 위고 Victor Hugo

~

나는 꿈도 꾸었고 악몽도 꾸었다.
그리고 꿈으로 인해 악몽을 물리쳤다.

조너스 소크 Jonas Salk

~

나는 무엇이 불가능한지를 솔직히 모른다.
나에게는 어제의 꿈이 오늘의 희망이고,
오늘의 희망이 내일의 현실이기 때문이다.

로버트 H. 고다드 Robert H. Goddard

~

나는 과거의 역사보다는 미래의 꿈에 더 관심이 많다.

토머스 제퍼슨 Thomas Jefferson

우리가 좇는 엄청난 꿈이 과연 추구할 만한 것일까? 진실을 말하자면, 우리가 얻고자 하는 꿈은 사실 우리에게 절실히 필요하지 않은 허황한 착각이 일으킨 게 많다. 우리는 살면서 무언가를 반드시 하면서 인생을 소진할 것이다. 그렇다면 꿈의 크기와는 상관없이 차라리 우리가 되고 싶은 무언가를 하는 편이 진실한 꿈일 것이다.

_ 피터 맥윌리엄스 Peter McWilliams

그토록 오랫동안 몹시도 하고 싶었던 일을 한다는 것은
진정 최고의 아드레날린을 분출시키는 일이다.
아마도 비행기 없이 하늘을 날 수 있다고 할 만큼 말이다.

찰스 린드버그 Charles Lindbergh

동전 한 푼 없는 사람이 진정 가난한 사람이 아니다.
한 조각 꿈조차 없는 사람이 가장 빈곤한 사람이다.

해리 켐프 Harry Kemp

꿈의 첫 단추가 없다면 어떤 것도 시작할 수 없다.

칼 샌드버그 Carl Sandburg

~

우리는 각자에게 주어진 삶을 최선을 다해 살아야 한다.
우리의 삶에 우리가 가진 최상을 퍼부어야 한다.
좀 더 현명하게 우리 꿈을 이루도록 주어진 삶을 잘 활용하자.
우리가 바라는 진실한 목표를 제대로 파악해
가능한 한 행복하고 성공적인 인생을 살자.

맬컴 엑스 Malcolm X

~

인간은 꿈을 먹고 커간다. 모든 위대한 이들이 일종의 몽상가였다. 그런데 그중 일부는 도중에 꿈을 죽인다. 여러분은 여러분의 꿈을 치료하고, 그 어떤 고난과 시련에도 꿈을 보호하고 지켜야 한다. 햇살과 빛은 언제나 우리 곁에 있으니 꿈도 거기 머물게 하라.

_ 우드로 윌슨 Woodrow Wilson

꿈

데나 딜라코니 Dena Dilaconi

여러분의 기분을 좋게 하는 것을 믿어라.
여러분을 행복하게 하는 것을 믿어라.
여러분이 항상 이루고 싶어 했던 꿈을 믿어라.
그리고 그 꿈에 가능한 모든 기회를 주어라.

여러분이 걷는 길 위에 무엇이 나타날지
인생은 아무것도 약속하지 않았다.
여러분이 그것을 가지려고 탐구해야 한다.
인생은 여러분이 무엇을 가지게 될지
아무 확인서도 발급하지 않았다.
단지 시간만 앞에 놓여 있을 뿐
선택하고, 기회를 잡고,
무슨 비밀이 여러분의 인생길 위에 나타날지
발견할 시간만 있을 뿐이다.

여러분이 주어진 기회를 놓치지 않을
마음만 기꺼이 있다면,
여러분이 가진 능력을 발휘할
의사만 분명하다면,
여러분은 인생을 신기한 순간으로 채울 것이고,
잊히지 않을 시간으로 메울 것이다.

인생의 신비로움과 궁극적인 의미를
알고 있는 이는 아무도 없다.
하지만 자신의 꿈을 기꺼이 믿고
자기 자신도 결단코 믿는 이들에게
인생은 고귀한 선물이며,
그 속에는 모든 가능성이 담겨 있다.

꿈을 가진 사람은 가난을 모른다. 꿈만큼 풍요로운 이들이다.

벤저민 메이스 Benjamin Mays

~

영원히 살 것처럼 꿈을 가지고 내일 죽을 것처럼 오늘을 살라.

제임스 딘 James Dean

~

행복은 우리의 머리와 가슴을 우리가 할 수 있는 한 마지막까지
최대한 뻗칠 때 그제야 제 모습을 스스로 드러낸다.

레오 로스텐 Leo Rosten

~

성공적인 사람들에게는 명확한 비전과 숙성된 꿈,
그리고 집중력이 있다. 그들이 가지고 싶은 것, 하고 싶은 것,
성취하고 싶은 대상을 분명히 설정해놓고 있는 것이다.
그러므로 그들의 꿈은 신성한 그들의 권리가 될 수밖에 없다.

데니스 킴브로 Dennis Kimbro

꿈을 가지는 것이 어리석은 철부지 짓이라고? 천만에!
꿈을 가지지 못하는 것이 어리석은 천치 바보라네!

클리프 클라빈 Cliff Clavin

미국이라는 나라는 항상 뭔가를 이루려는 나라이고, 설정한 목표로 뭔가를 정의하려 하며, 우리가 품고 있는 꿈으로 가치를 새기려는 나라이다. 그래서 우리는 피차 쉴 틈도 없고 항상 탐구해야만 한다. 이것이 미국의 운명이자 사명이다. 전 대통령 토머스 제퍼슨과 함께 "과학이 낳은 맨 처음 자식은 자유다"라는 말을 우리는 늘 믿어왔다. 그 믿음 위에서 의지의 힘으로, 엄청난 자원과 대단한 국가적 노력으로 우리는 더 높고 더 고귀한 가치를 향해 쉼 없이 전진해왔다. 그리고 다시 또 새로운 꿈과 도전을 펼쳐놓는다.

빌 클린턴 Bill Clinton

숭고한 꿈을 가져라. 그대가 꿈을 가지고 지키면
그 꿈은 현실이 될 것이다. 비전이라는 것도 결국 마지막에
그대로 하여금 당당히 드러내서 보여주게 할 약속의 실천이다.

존 러스킨 John Ruskin

그대 안에 쉼 없이 장작불을 지핀다는 것,
꿈을 위해 살아간다는 것, 그것이 엄존하는 현실적 삶이다.

레스 브라운 Les Brown

~

꿈은 품을수록 계속 앞으로 나아가게 되어 있다.

카를 융 Carl Jung

~

우리가 간직한 꿈들이 우리를 어디로 인도할지 정확히
알지 못하나, 우리가 꿈을 버렸을 때 우리가 갈 곳이 어딘가는
확실히 알 수 있다. 꿈이 없는 곳, 생명이 없는 곳 말이다.

마릴린 그레이 Marilyn Grey

오늘 저는 형이상학 마지막 수업을 하겠습니다. 꿈만큼 사실적인 것도 없습니다. 꿈만큼 현실 그 자체인 것도 없습니다. 보십시오. 여러분 주변의 세상은 시시각각 변합니다. 그러나 여러분의 중심에 있는 꿈이 변합니까? 결코 꿈은 변함이 없으므로 꿈은 현존합니다. 꿈은 오늘 이 자리의 젊고 희망으로 가득 찬 여러분과 항상 연결되어 있을 것입니다. 여러분이 꿈과 늘 함께한다면, 비록 나이가 들더라도 젊음은 한사코 떠나지 않을 것입니다. 그리고 그것이 여러분이 지상에서 누리는 최상의 성공입니다.

_ 톰 클랜시 Tom Clancy

꿈꾸는 자가 세상의 구세주다.

제임스 앨런 James Allen

여러분은 오늘도 인생이라는 혼잡한 고가도로 위에 들어서고 있습니다. 저는 여러분과 잠시 생각을 모아 미국의 꿈, 즉 아메리칸드림의 여러 양상에 대해 이야기를 나누고 싶군요. 매우 사실적인 의미에서 미국의 핵심은 꿈입니다. 아직 채워지지 않은 꿈입니다. 모든 종족과 모든 인종과 모든 민족과 모든 종교가 함께 어울려 형제들처럼 살 수 있는 꿈의 대지입니다. 이 꿈의 본질은 지금은 우주의 영역으로까지 높아진 다음과 같은 숭고한 말에 담겨 있습니다.
"우리는 다음의 진리들을 자명한 것으로 지지한다. 모든 인간은 평등하게 태어났다. 조물주는 모든 인간에게 침범할 수 없는 권리를 부여하였다. 이러한 권리 중에는 생명과 자유와 행복 추구의 권리가 있다."
여러분, 이것이 바로 꿈입니다. 단순 명쾌하고 불변하는 꿈입니다. 이 꿈을 지키고 누려야 합니다.

_마틴 루터 킹 주니어 Martin Luther King Jr.

모든 인간은 태어나 살아가며 고통받다가 죽는다. 인간의 얼굴이 서로 다르듯 우리가 서로 다른 진짜 이유는 우리가 꾸는 꿈이 다르기 때문이다. 그 꿈이 세상을 향한 것이든 나에 국한된 것이든, 그 꿈을 이루는 자가 있든 없든 말이다. 우리는 선택해서 태어난 것이 아니다. 부모님을 선택해서 태어난 것도 아니고, 시대를 선택해서 태어난 것도 아니다. 조국도, 성장환경도 우리가 선택한 게 아니다. 우리 대다수는 죽음도 선택할 수 없다. 죽음의 시기와 조건도 마음대로 선택하지 못한다. 그러나 분명한 것은 이렇게 선택당함의 영역 안에서 우리가 진정 스스로 선택할 수 있는 것은 어떻게 사느냐다. 꿈을 가지고 사는 것도 우리의 선택 속에 놓여 있다.

_ 조지프 엡스타인 Joseph Epstein

어린 날의 꿈

리나 하비슨 Rina Harbison

나는 미래에 대한 소망과 꿈으로 삶을 살아왔다.
꿈이 언젠가는 실현되길 바라면서.
결혼, 사랑, 나에겐 미지의 세상들,
그런 것들을 머릿속에 그리며 태양을 바라보며 누워 있곤 했다.
그런데 현실은 냉혹하게 똬리를 틀고 앉았고,
꿈은 저 멀리 지워져갔다.
인생은 어릴 적 꿈과는 너무도 큰 괴리였다.
이제 미래를 보내면서
나는 비로소 과거를 소망한다.
생의 시간은 너무도 명쾌했고 달콤한 것들이었다.
내가 현실이라 여기며 행한 모든 것이 사실은 진실한 꿈이었다.
어릴 적 꿈은 커가면서 현실로 변했다.
다만 어릴 적에 꿈이라고 말한 단어가
커서는 현실이라는 단어로 바뀌었을 뿐이다.

여러분이 꿈에 젖어 있을 때는 그 어떤 요청도 그리 어렵지 않은 법이다. 여러분은 현재의 성공 수준에 대해 실망하고 있거나, 풀이 죽어 있거나, 불만이 쌓여 있는가? 현재 지위에 대해 남몰래 불만족스러운가? 현재의 자신보다 더 좋고 더 아름다운 사람이 되고 싶은가? 여러분은 진정으로 겸손의 미덕을 잃지 않으면서 자부심 충만한 자신이 되는 법을 배우고 싶은가?
그렇다면 망설이지 말고 꿈을 시작하라! 꿈은 가능성이다! 여러분은 꿈이라는 가능성을 작동시키는 순간, 그토록 오랫동안 되고 싶었던 바로 그 사람이 될 수 있다!

_ 로버트 슐러 Robert Schuller

~

꿈을 실현시키는 비법을 아는 사람이 오르지 못하는 높이는 없다는 것이 나의 지론이다. 이 특수한 비법을 나는 네 개의 C로 요약할 수 있다고 본다. Curiosity(호기심), Confidence(자신감), Courage(용기), Constancy(불변성)이다. 이 가운데 특히 중요한 것은 자신감이다. 여러분이 하나를 믿으면 그 믿음 속에는 모든 방법이 절대적으로 의심할 여지 없이 담겨 있다. 자신감 속에 말이다.

_ 월트 디즈니 Walt Disney

여러분이 이전부터 생각해온 것도 아닌데 느닷없이 어떤 것이 여러분의 마음을 사로잡는다면, 이 세계 전체가 여러분의 캔버스가 되고, 여러분은 마음껏 꿈을 그릴 수 있다. 단지 꿈만 품어라, 그리하면 이룰 것이다. 나는 내가 있고 싶은 곳이라면 어디든 살 수 있다고 믿고, 나 자신이 원한다면 어떤 환경이나 여건에서도 충분히 나를 만끽할 수 있다고 믿는 사람이다.
당연히 그렇다. 그 어떤 것이든 가능하다고 생각한다. 왜냐고? 내가 그렇게 살았으니까. 내가 그렇게 사는 것을 이 두 눈으로 분명히 보아왔으니까. 사람들은 흔히 그것을 기적이라고들 하는데, 나는 기적으로 여기지 않는다. 그것은 꿈의 산물이자 각고의 노력을 기울인 결과다.
그것도 아니라면 젠장, 가능하기 때문에 가능한 것 아닌가. 인간으로서 우리는 천국도 창조할 수가 있고, 우리 인간의 손으로 서로의 삶을 더 좋게 만들 수도 있다. 그럼, 그럼, 그럼!
꿈은 이룰 수 있고 이루는 것이 얼마든지 가능하다.

_ 우피 골드버그 Whoopi Goldberg

전진을 멈출 수 없는 사람들 사이에 단 하나의 공통분모가 있다면 그것은 역경이다. 사람들은 고군분투했고, 덫에 걸려들기도 했고, 후퇴도 하고 실패도 했다. 하지만 그들은 멈추지 않고 쓰러진 그 자리에서 곧장 박차고 일어났으며, 전진을 계속했다. 꿈이 그들에게 모든 것을 맡기라고 말했을 때, 그들은 기꺼이 모든 것을 꿈에 주었다. 그들이 마주친 도전과 고생은 도저히 넘기 힘들게 보였으나, 그들은 그 장애를 극복했다. 매번 도전할 때마다, 역경에 부딪힐 때마다 그들은 더 강하고 더 자신감에 넘쳤으며, 더욱 꿈을 송두리째 가질 자격을 가지고 솟아올랐다.

_ 신시아 커지 Cynthia Kersey

꿈을 가지는 것에 대하여

토니 모리슨 Toni Morrison

저는 오늘 이 자리에서 그동안 여러분에게 부정적으로 인식되어온 행동들, 쓸모없고 비현실적이며 가망성도 없다고 들었던 것에 대해 제 생각을 분명히 하고 싶습니다. 저는 꿈을 가지는 것에 대해 이야기하려 합니다. 우리는 지금 혼란 상태에 놓여 있습니다. 여러분도 알다시피 우리는 이 혼돈에서 빠져나와야 합니다.

자, 그러면 여러분은 이렇게 자문할 것입니다.

"이런 일들이 다 뭐야? 내가 어떻게 세상을 구할 수 있어? 내 인생은 이게 뭐야? 이러려고 태어난 게 아니잖아? 내가 언제 태어나게 해달라고 부탁이나 했어? 이 세상에 있게 해달라고 부탁하기나 했냐고?"

정말 아무 부탁도 하지 않았나요? 단언컨대 여러분의 요청으로 여러분은 이 세상에 태어났습니다. 제발 태어나게 해달라고 부탁만 한 게 아니라 집요하게 생명을 달라고 아우성쳤습니다.

그래서 여러분이 선택받아 이 자리에 있는 것입니다. 다른 이유는 결코 없습니다. 태어나지 않기를 바란다면 그것처럼 쉬운 것이 어디 있겠어요? 이제 여러분이 이 세상에 목숨을 지니고 태어난 이상 뭔가를 반드시 해야 합니다. 여러분이 존경하는 것들 말입니다. 아닙니까?

여러분의 부모님들도 여러분이 뭔가 인물이 되기를 바랐겠지만, 그렇다고 그분들이 여러분의 꿈을 만들어준 것은 아닙니다. 여러분이 만들었죠. 저는 지금 여러분이 먼저 시작한 꿈들을 계속 추진해줄 것을 간절히 바랍니다. 왜냐하면 꿈을 지니는 데는 굳이 책임감이 따르지 않으니까요. 꿈은 먼저 스스로에게 행하는 명령입니다. 인간만의 비즈니스입니다. 아시다시피 꿈은 오락이 아닙니다. 꿈은 작업입니다.

마틴 루터 킹 목사님이 "나에겐 꿈이 있습니다"라고 말했을 때, 그가 장난삼아 한 말입니까? 진지하게 한 말입니다. 그분이 꿈을 상상하고, 머릿속에 그리고, 자신의 마음에 꿈을 창조했을 때 비로소 꿈은 움직이기 시작한 것입니다. 이제 우리 역시 꿈을 가져야 하고, 그 꿈에 무게와 넓이와 높이를 줘야 합니다. 꿈의 실체가 있어야 합니다. 그렇다고 이런 말에까지 고개를 끄떡일 필요는 없습니다. 이것이 세상 돌아가는 섭리고, 그러므로 반드시 그래야 한다는 말에까지 말이죠. 꿈이 실체를 가져야 하는 것은 세상의 이치가 아니라 지극히 당연한 것이고, 반드시 그래야 꿈이 이루어지기 때문입니다.

여러분에겐 에너지가 있고, 뜨거운 가슴이 있고, 충분한 시간이 있습니다.

감사합니다.

저 높은 이상을 향하여

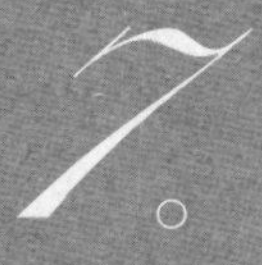

사람들은 처지가 곤란하면 거의 원인을 주변 환경 탓으로 돌린다. 나는 환경을 믿지 않는다. 이 세상을 넉넉히 살아가는 사람은 일어나서 그들이 원하는 환경을 찾고, 찾지 못하면 원하는 환경으로 주변을 만들어버리는 사람들이다.

_ 조지 버나드 쇼 George Bernard Shaw

~

별을 따기 위해 사다리를 만들었으면 좋겠네.
사다리의 단을 하나씩 밟고 오르면 좋겠네.
그래서 우리가 영원한 청춘이었으면 좋겠네.

밥 딜런 Bob Dylan

~

날기 위해 추락의 위험을 감수하라.

캐런 골드만 Karen Goldman

~

현실은 그대가 디디고 일어서야 하는 발판이다.
적어도 그 위에 그대의 실체가 있어야 한다.

라이자 미넬리 Liza Minnelli

현재의 우리 자신이 누군지는 알고 있지만,
미래에 무엇이 될지는 아직 모른다.

윌리엄 셰익스피어 William Shakespeare

~

그대가 진정 하고 싶은 것이 뭔지를 알고 어떤 일을 좋아하는지를 알기만 한다면, 그대가 무슨 일을 하기를 원하든 그대의 앞길을 가로막는 것은 없다. 그대에게 어떤 흔들림 없는 목표만 있다면 교육도 가치 없고 재능도 소용없다. 자신이 어디쯤 있는지 알아야 하니 목표를 찾는 나침반만 있으면 된다.

_ 콘돌리자 라이스 Condoleezza Rice

~

정열, 오직 터질 듯한 정열만 있다면
영혼은 저 높은 곳까지 오를 수 있다.

드니 디드로 Denis Diderot

~

지구상에서 가장 강력한 무기는 불타오르는 영혼이다.

페르디낭 포슈 Ferdinand Foch

역사상 성공한 사람들을 잘 살펴보면 다음의 공통 요소들을 발견하게 된다.

그들은 절대 퇴짜를 맞지 않는다. 그들은 결코 남으로부터 "No!"라는 반응을 수긍하지 않는다. 그들은 그 누구로부터도 자신의 비전과 목표와 실천을 전개하는 데 제지받지 않는다.

혹시 월트 디즈니 씨가 '지상에서 가장 행복한 장소'를 만들려는 꿈을 이루기 위해 금융 지원을 받기까지 은행으로부터 302번이나 거절당했다는 사실을 아는가? 그는 결코 퇴짜를 맞지 않은 것이다.

은행 사람들은 모두 처음엔 그를 미친 사람으로 생각했다. 천만에! 그는 미친 사람이 아니라 비전이 넘쳤던 사람이고, 더 중요한 점은 그 비전을 실천하기 위해 헌신을 다했다는 것이다. 오늘날 셀 수 없는 사람들이 다른 곳에는 없는 세상인 '디즈니의 기쁨'을 함께 누리고 있다. 디즈니랜드라는 그 경이로운 세상은 단 한 사람의 비전과 결단력으로 만들어졌다.

_ 토니 로빈스 Tony Robbins

그대의 인생에서 원대한 성취를 바란다면 위험을 받아들일 자세가 되어 있어야 한다. 맨 처음의 위험은 모든 것을 과감히 걸어내고 그대가 원하고 바라는 것에 자신을 통째로 몰입시키는 것, 오로지 그 하나에만 모든 정신을 집중하는 것이다. 광적인 집착은 그것이 개인적 성취든 공공을 위해서든 목표로 가는 과정에 가로놓인 장애물을 단번에 허물 수 있는 최상의 무기다.

_ 켄 크레이건 Ken Kragen

~

거듭 말하거니와, 우승컵을 차지하는 자는 재능이 최고인 자가 아니다. 재차 반복하거니와, 이기는 자는 이길 수 있다는 다부진 자신감으로 충일한 자다! 움직이지 않는 불변의 사실은 엄청난 추진력, 강력한 결단력, 불타는 욕망은 자신의 재능이나 빈약한 지식을 아주 초라하게 만든다는 것이다. 재능은 의지의 수단에 불과하다.

_ 로버트 슐러 Robert Schuller

거의 이루기 힘든 목표를 설정하라.
각고의 노력이나 깊은 탐구 정신을 쏟지 않더라도
어렵지 않게 달성할 수 있는 목표는 그대의 진짜 재능과
무궁한 잠재력을 오히려 떨어뜨릴 수도 있다.

스티브 가비 Steve Garvey

~

인생의 사다리를 오를 것이라면 한 발짝씩, 한 가닥씩 차근차근 오르라. 먼저 너무 먼 높이까지 바라보지 말고, 그렇다고 목표를 너무 낮게 두지는 말되 반드시 한 발짝씩 오르라. 그렇게 꾸준히 오르면 어느새 그대는 아주 높은 곳까지 올라와 있게 되고, 그대 자신도 그렇게 높이까지 올라와 있는 자신에게 감탄하고 말 것이다.

_ 도니 오즈먼드 Donny Osmond

~

만일 당신이 지금도 앞으로도 실패하지 않는다면,
그것은 당신이라는 사람이 무사안일주의라는
사실을 증명하는 셈이다.

우디 앨런 Woody Allen

인간의 영혼은 너무도 심대해서 누구도 그것을 정확히
표현할 수 없다. 우리가 인간의 마음을 제대로 이해할 수 있다면,
지구상에 우리가 이루지 못할 게 없을 것이다.

파라켈수스 Paracelsus

~

이 광막한 우주에 나는 종소리를 크게 한 번 울리고 싶다.

스티브 잡스 Steve Jobs

~

우리가 행동할 때마다, 말할 때마다, 생각할 때마다
우리를 우리 자신보다 더 거룩한 위치에 오르게 하는
신의 눈짓이 분명히 있다. 대부분 보지 못할 뿐이다.

아서 펜린 스탠리 Arthur Penrhyn Stanley

~

발은 땅을 디디고 있어도
그대 가슴은 하늘 저 높이에 솟구치게 하라.
평균을 거부하고, 정신적 환경의 냉혹함에 굴복하지 말라.

에이든 토저 Aiden Tozer

이제 우리 꿈의 지붕을 다 걷어냈다.

더 이상 불가능한 꿈은 없어졌다.

제시 잭슨 Jesse Jackson

~

하든지 말든지 둘 중 하나다. 더 이상 실험이란 없다.

요다 Yoda

~

내가 얻고자 한 가치 있는 것을 위해

나는 내 인생을 다 바쳤다.

얼 워런 Earl Warren

~

그대가 하려는 행동에 머뭇거리거나 움츠러들지 말라.

인생이란 어차피 모두가 시험이다.

랠프 월도 에머슨 Ralph Waldo Emerson

산 정상에 오르기 전까지는 절대 산의 높이를 재지 말라.
그대가 오르고 나면 그 산이 얼마나 낮은지 느끼게 될 것이다.

다그 함마르셸드 Dag Hammarskjold

가능성의 한계를 측정하는 가장 좋은 방법은 가능성을 넘어
불가능으로 전진하는 것이다. 그래야 제대로 알 수 있다.

아서 C. 클라크 Arthur C. Clarke

인생에는 추구해야 할 두 가지 목표가 있다. 처음엔 원하는 것을
쟁취하는 것이고, 그다음엔 쟁취한 것을 즐기는 것이다. 쟁취의
노력 없이 즐기기만 하려면 그대가 이 세상에서 가장 영리한
단 한 사람이 되어야 한다. 당신은 그런 사람인가?

데이비드 오길비 David Ogilvy

대담해져라.
그러면 그대를 도우려고 위대한 힘이 찾아올 것이다.

바질 킹 Basil King

만일 내가 뭔가를 바란다면 단지 눈에 보이는 물질의 풍요나 권력이 아니라 내면에 충만한 잠재력을 바랄 것이다. 늙지 않는 열정의 눈을 가졌다면 잠재력이 가득한 가능성을 볼 것이다. 쾌락은 우리를 실망시키지만 가능성은 절대 그렇지 않다. 가능성이라는 포도주처럼 거품이 풍부하고, 향기 넘치며, 황홀하게 취하게 하는 것이 또 어디 있으랴!

_ 쇠렌 키르케고르 Søren Kierkegaard

~

결국 그대는 그대의 목표치만큼 평가받는다.
그러니 비록 지금 당장은 실패하더라도 좀 더 높은 것에
목표를 두는 편이 더 낫다.

헨리 데이비드 소로 Henry David Thoreau

~

엄마들은 아이들에게 "그렇지, 더 높이까지. 태양을 잡아야지!"
하고 기회 있을 때마다 말한다. 태양까지는 힘들더라도,
적어도 땅을 박차고 올라야 하지 않겠는가!

조라 닐 허스턴 Zora Neale Hurston

인생은 본래 재미있는 것이다. 재미는 확실히 낙담의 강력한 해독제다. 수많은 것들이 내게 즐거움을 안겨준다. 웃음도 주고 가장 소중한 아름다움을 경험하게 한다. 책을 읽는 즐거움을 누리고, 감자를 심고 땅을 파보면 주렁주렁 탐스럽게 매달린 새로운 보물 상자를 발견하고 기뻐하며, 층층나무에 열린 꽃송이를 세어보기도 한다. 셰익스피어의 글을 읽는다. 새삼 사랑을 발견한다. 그러고는 하늘의 별들을 올려다보며 별을 향해 손을 뻗는다.

_ 리처드 커틀러 Richard Cutler

~

젊은이들은 분별력이 있을 만큼
세상에 대해 잘 알지 못한다.
그래서 불가능한 일에 함부로 도전하고 성취를 이루곤 한다.
대대손손으로 이런 일이 거듭된다.

_ 펄 벅 Pearl Buck

우리는 길이 울퉁불퉁함도 잘 알고, 우리가 짊어질 짐이 얼마나 무거운 줄도 충분히 알며, 길을 따라 놓인 바리케이드에 대해서도 세세히 알고 있다. 그러나 우리는 저 앞의 목표를 위해 이미 영혼을 던진 상태이므로 그 어떤 위태로움도 우리의 돌진을 막을 수 없다.

_ 빈스 롬바르디 Vince Lombardi

~

가능성의 신봉자가 되라.
상황이 어두워 보이고 실제로 어둡더라도,
시야를 저 너머로 뻗어 거기에서 가능성을 보라.
항상 가능성만을 보라.
온통 가능성만 있으니까.

노만 빈센트 필 Norman Vincent Peale

~

우리가 모를 뿐 우리는 무궁무진한 가능성에 둘러싸여 있다.
심지어 할 수 있다고 꿈도 꾸지 않은 것도 잘 보면 할 수 있다.

데일 카네기 Dale Carnegie

동전을 집어넣어야 잭팟을 기대하든 말든 할 게 아닌가.

플립 윌슨 Flip Wilson

~

가파른 능선을 오르려면 처음엔 속도를 늦추어야 한다.

윌리엄 셰익스피어 William Shakespeare

~

우리의 위대한 영광은
한 번도 넘어지지 않는 것이 아니라
넘어질 때마다 개의치 않고 계속 일어나는 것이다.

공자 孔子

~

당신은 단 하나를 빼곤 다 가지고 있다.
그 하나는 광기狂氣다. 사람에게 약간의 광기가 없다면
무모하게 로프를 잘라서 자유를 누릴 수 없다.

〈그리스인 조르바 Zorba the Greek〉 중에서 나는 항상 마음속으로 '나는 대단한 스타로 대접받아야 한다'고 생각해왔다. 물론 생각이 다는 아니겠지만, 아무튼 나는 대스타가 되었다.

_ 마돈나 Madonna

~

결코 고개 숙이지 말고 머리를 높이 들라.
세상을 정면으로 응시하라.

헬렌 켈러 Helen Keller

~

운동장에 갈 때마다 나는
최고의 플레이어를 선택하지 않았다.
재능은 약간 모자라나 열심히 연습할 각오가 다부진 선수,
그래서 자신을 땀의 웅덩이에 내던질 수 있는 선수,
위대한 인물이 되겠다는 의지로 불타는 선수를
나는 항상 선택했다.

매직 존슨 Magic Johnson

그대가 자기 목표를 이루느냐 이루지 못하느냐는 전적으로 그대가 목표를 위해 완벽하리만큼 준비를 잘했느냐 아니냐, 그리고 간절히 목표의 성취를 원하느냐 아니냐에 달렸다.

_ 로널드 맥네어 Ronald McNair

태양을 목표로 화살을 쏜다면 태양 근처에도 이르지
못할 게 당연할지라도 그대가 자기 수준에 맞게 설정한
목표보다는 훨씬 더 멀리 날아간다.

조시아 존슨 호즈 Josiah Johnson Hawes

절대 굴복하지 말라!
절대 굴복하지 말라! 절대, 절대, 절대로!
작은 것에든 큰 것에든, 중요한 것에든 사소한 것에든,
재판이나 명예로움이나 선善을 제외하고는
그 어떤 것에도 굴복해선 안 된다.

윈스턴 처칠 Winston Churchill

햇살이 비치는 저 먼 곳에

나의 가장 고귀한 영감이 있다.

비록 도달하지 못한다 해도 나는 두 눈으로 바라보며

아름다움을 느낄 수 있다.

영감을 믿으며 영감이 이끄는 대로 따르라.

루이자 메이 올컷 Louisa May Alcott

실패는 나를 더 분발하게 했다

마이클 조던 Michael Jordan

내가 절실히 깨달은 점은 인생에서 성공을 쟁취하려면 무엇보다 공격적인 사람이 되어야 한다는 것이다. 문을 박차고 나가 성공을 위해 대들어야 한다. 수동적인 성격으로는 어느 것도 성취하지 못한다는 사실을 나는 믿게 되었다. 이제 나는 성취해야 할 대상 외에는 아무것도 생각지 않는다.

공포란 일종의 환각이다. 무언가가 당신의 길 앞에 버티고 서 있다고 생각하지만, 사실 거기에는 아무것도 없다. 거기에 실제로 존재하는 것은 당신이 최선을 다해 성공을 거둬야 할 기회뿐이다. 비록 나의 최선이 충분하지 않았더라도 최소한 뒤를 돌아보며 시도하기엔 너무 겁에 질렸다는 고백은 하지 않을 것이다. 실패는 나를 더욱 분발하게 했다.

어떤 장애물도 감히 당신을 멈추게 하지 못한다. 만일 가다가 벽을 만난다면 돌아서거나 포기하지 말라. 저 벽을 어떡하면 오를지 강구하라. 그러고는 통과하라. 아니면 돌아서지 말고 다른 방법을 찾으라. 땅을 파서 길을 만들 수도 있지 않은가!

별을 향해 나아가는 자는 절대 뒤돌아서지 않는다.

레오나르도 다빈치 Leonardo da Vinci

~

작은 불씨에서 거대한 불길이 솟는다.

단테 알리기에리 Dante Alighieri

~

아주 작은 별일지라도 어둠 속에서는 반짝인다.
이룬 목표가 아무리 작더라도 그것은 선명히 아로새겨진다.

핀란드 속담

~

도랑에 빠져 있는데도 별을 헤아리는 이들이 있다.

오스카 와일드 Oscar Wilde

~

큰사람이 되거나 아니면 그냥 잠이나 자거나, 선택의 문제다.

래리 켈리 Larry Kelly

열정, 그것은 인생에서 가장 소중한 것이다.

테네시 윌리엄스 Tennessee Williams

~

그대가 바람에 쓰러진다면 바람을 타고 갈 수 없다.

토니 모리슨 Toni Morrison

열정과 열광

그레그 레보이 Gregg Levoy

미국의 동화작가 모리스 센닥이 이렇게 술회한 적이 있다.

그는 언젠가 어린 독자에게 야생물이 그려진 엽서를 보내주었는데, 그 어린 독자의 어머니에게서 답장이 왔다. 아들이 그 엽서를 너무 좋아한 나머지 그만 먹어버렸다는 내용이었다. 소년은 그 그림이 모리스 센닥이 직접 그린 그림인지 몰랐다. 소년은 그저 그 엽서를 보았고, 좋아했으며, 그래서 먹어버렸다.

열정이란 사랑의 심리 상태, 마음의 허기를 표현한다. 그것은 또한 열광의 상태도 말해주는데, 신이나 여신이나 야생물에 사로잡혔다는 의미다. 인간은 시의 여신이나 동물의 여신, 상업의 신이나 가정과 건강의 여신에게 빠져든다. 만일 우리가 신에게 부름을 받는다면 우리는 신과 가장 가까운 사이가 될 것이며, 그것은 우리가 열광적일 때다. 우리는 일종의 신성한 실존에 다가가는 것이다. 왜냐하면 열정을 통해서 이미 우리는 너무도 실존적으로 되어버렸다. 우리는 완벽하게 신의 부름에 압도당하고 관심의 초점이 되었다.

그렇게 되면 우리는 일상을 망각하기 일쑤다. 우리 자신도 잊어버리고, 고민도 매일의 멀버리가에서의 생활도 잊어버리고 만다. 스스로 어떤 더 큰 것에 홀리고 마는 것, 그것이 열광이다.

위험을 감내할 용기조차 없는 사람은 평생을 살아도
아무것도 이루지 못한다.

무하마드 알리 Muhammad Ali

인생은 어쩌면 시속 10마일의 자전거와 같다.
기어는 있지만 한 번도 사용하지 않는다.
자전거의 안주 속에서
대부분이 허무하게 늙고, 허전하게 죽어간다.

찰스 슐츠 Charles Schulz

웅대한 목표에 출사표를 던지고 영광스러운 승리를 거두려는 과감한 인간이 되는 게 훨씬 바람직한 삶이다. 비록 실패에 걸려 넘어져 심한 상처를 입더라도 말이다. 기쁨도 고통도 그리 달가워하지 않고 어정쩡하게 사는 초라한 영혼들과 섞여 살면서 도토리 키재기식으로 연명하는 삶과는 비교도 안 될 것이다.

_ 시어도어 루스벨트 Theodore Roosevelt

우리의 야망이 우리의 가능성이다.

야망이 없는데 가능성이 무슨 필요가 있단 말인가!

로버트 브라우닝 Robert Browning

~

자신의 높낮이는 자신의 태도에 따라 결정된다.

높은 성취를 바라는 자는 하늘의 별을 향해 화살을 쏜다.

비록 목표에 미치지 못한 채 화살이 떨어진다 해도 최소한

그들의 손에 성진星塵이라도 묻게 한다.

데니스 킴브로 Dennis Kimbro

~

시시한 계획 따위는 세우지도 말라.

그런 것들은 인간의 피를 끓게 하는 마법이 없다.

계획을 세우고, 희망을 품고, 목표를 드높이라. 그리고 일하라.

목표가 높을수록 일의 강도와 재미가 정비례한다.

그것이 그대의 인생을 풀가동하는 것이다.

전혀 피곤하지 않고 더욱 혈기만 넘친다.

다니엘 번햄 Daniel Burnham

삼진당할까 두려워 방망이를 그대로 쥐고만 있는가!

베이브 루스 Babe Ruth

그대가 아무리 멀리까지 가더라도 수평선은
여전히 그대 너머에 있다.

조라 닐 허스턴 Zora Neale Hurston

나는 항상 신께서 내게 주신 기회에 최선을 다하고 싶다. 여러분도 하고 싶은 것을 하려 할 때 유일한 방법은 가능한 한 아주 높은 목표로 나아갈 기회를 스스로에게 부여하는 것이다. 자신에 대한 확신이라는 자신감도 없고, 이루려는 욕망도 없고, 앞으로 더 나아가려는 열망도 없다면, 그러면 결국 여러분은 지진아가 되거나 낙오자가 되거나 그 사이에 있거나 그런 사람이 되기 시작할 것이다. 비록 목표에 미처 이르지 못하고 쓰러지더라도 아예 목표를 향해 한 발짝도 안 움직인 사람보다는 비교가 안 될 만큼 멀리 가 있을 것이다. 그래서 목표라는 게 있고, 욕망이라는 게 있고, 발달이라는 게 있고, 보람이라는 게 있고, 최선이라는 게 있다.

_ 돈 슐라 Don Shula

그대가 상상도 하지 못하는 힘이 그대에게 있다.
그대가 감히 해낼 수 있다고 꿈조차 꾸지 못한 일을 그대는
해낼 수 있다. 그대에게는 능력의 한계가 없으며,
한계는 그대의 마음속에만 있다.

다윈 P. 킹슬리 Darwin P. Kingsley

~

우리가 할 수 있는 일을 모두 다 했다면,
문자 그대로 그것은 우리 자신을 깜짝 놀라게 하는 것이다.

토머스 A. 에디슨 Thomas A. Edison

~

오직 한 가지 성공이 있을 뿐이다. 바로 자기 자신만의
방식으로 삶을 살아갈 수 있느냐이다.

크리스토퍼 몰리 Christopher Morley

가슴에 꼭 품고 키워야 할 것이 있다. 인생의 비극은 목표에 도달하지 못하는 데 있는 게 아니라 도달할 목표가 없다는 데 있다. 꿈을 충족시키지 못한 채 죽는 것이 불행이 아니라 꿈을 가지지 못하는 것이 불행이다. 이상을 이루기엔 힘에 부친다는 것이 서글픈 게 아니라 이룰 이상조차 없어 서글픈 것이다. 별을 따지 못하는 것이 굴욕이 아니라 딸 별이 하나도 없다는 사실이 굴욕이다.

_ 벤저민 E. 메이스 Benjamin E. Mays

~

물론 우리 모두에게는 나름대로 한계라는 게 있다. 그렇다고 해도 우리가 갈 수 있는 데까지 끝까지 가보지도 않고 어떻게 우리의 한계 범위를 알겠는가? 나는 내 경험에 비추어 안전하게 성공할 수 있는 것보다 차라리 새롭고 아무도 모르는 미지의 어떤 일에 도전해 실패하는 쪽을 택하겠다.

_ A. E. 하치너 A. E. Hotchner

만일 그대가 탈 배가 오지 않는다면 헤엄을 쳐서라도
그 배로 가야 한다.

조너선 윈터스 Jonathan Winters

~

위험을 헤쳐 나가는 사람은 절벽 아래로 뛰어들며
추락 중에 날개를 만드는 사람이다.

레이 브래드버리 Ray Bradbury

~

아무리 멀다 해도 오직 그대의 별을 목표로 정하고, 그대의 삶을 사랑으로 적시라. 절대 뒤돌아보지 말고 그 별을 좇아 계속 돌진하라! 돌파하라! 그대의 목표를 보라. 목표가 벌겋게 뜨거워지고, 타오르는 것을 느껴보고, 그 목표가 그대의 모든 염원이 될 때까지 자신을 몰입하라. 이제 그대는 나의 친구가 되어 목표를 진정으로 믿게 되고, 분명히 목표를 달성할 것이며, 모든 우주 만물의 섭리에 따라 변함없이 그 영광을 향유하리라!

_밥 스미스 Bob Smith

어떻게 애벌레가 나비가 되나요?

그녀는 수심에 잠겨 묻는다.

그대여, 그대가 날고 싶다는 소망이 간절하면 간절할수록

그대는 즐거운 마음으로 모충의 안주에서 벗어나

허물을 벗고 훨훨 날아갈 수 있다.

트리나 폴러스 Trina Paulus

~

그대는 뜨거운 열정인가?

그러면 지금 이 순간을 붙잡으라!

그대가 무엇을 할 수 있든, 무슨 꿈을 꾸든 당장 시작하라!

대담성 속에 천재성과 힘과 마술이 들어 있다.

오로지 심취하라, 그러면 마음은 열기로 가득할 것이다.

그리고 시작하라, 일은 분명 완성될 것이다.

요한 볼프강 폰 괴테 Johann Wolfgang von Goethe

~

위대한 시도는 설사 실패하더라도 그 자체로 영광이다.

빈스 롬바르디 Vince Lombardi

내가 배운 바로는 어떤 것을 성취하기 위해 자신을 포기하고 희생할 준비만 되어 있으면 이루지 못할 게 없다. 그대가 하고 싶은 것이 무엇이든 온몸을 바쳐 이루고 싶을 만큼 절실히 원한다면 그대는 할 수 있다. 나는 확실히 믿는다. 내가 4분 안에 1.6km를 달리고 싶다면 나는 달릴 수 있다. 어쩌면 내 인생의 거의 모든 것을 포기해야 할지 모르지만, 1.6km를 4분 안에 달리기를 원한다면 정말 달릴 수 있다. 내 말을 결코 우습게 생각해서는 안 된다. 만일 누군가가 물 위를 걷는 것을 그 무엇보다 원한다면, 그래서 인생의 모든 것을 그것을 위해 포기할 수 있다면 물 위를 걷는 것은 충분히 가능하다. 단지 우리가 원하기만 할 뿐 포기할 줄은 모른다는 데 그 이유가 있다.

_ 스털링 모스 Stirling Moss

그대 영혼 속에 자리한 영웅을 사라지게 하지 말라

아인 랜드 Ayn Rand

그대의 마음속 최선의 이름으로, 이 지상을 더러운 악한 자들에게 빼앗기지 말라.

그대 삶을 지탱하는 가치의 이름으로, 그대가 지닌 인간에 대한 비전을 괴상하고 비겁하며, 일생 단 한 번도 성취라고는 모르는 바보 천치들에게 짓밟히게 하지 말라.

인간의 고결한 마음가짐이 지닐 수 있는 최상의 재산이라는 그대 자신의 지식을 결코 잃지 말라. 인간의 최고 재산은 기만이나 안락과 타협하지 않으며 무한대의 길을 여행하는 발걸음임을 결코 좌시하지 말라.

그대의 불길을 꺼뜨리지 말라. 초심의 불길을 계속 불사르라. 현재의 상태가 음울의 늪이고, 그 늪에서 신음하는 우리의 절규가 "그냥 이만하면 됐잖아!"라든가, "조금 모자랄 뿐이야!"라든가, "아직도 멀었어!"라든가, "전혀 아냐!"라 할지라도 그대의 불길은 변치 않는 염원으로 타올라야 한다.

그대 영혼 속에 탄탄히 자리한 영웅을 사라지게 하지 말라. 외로움과 좌절의 인생은 영웅으로서 달게 받아야 할 것이요, 어쩌면 영원히 그 영웅이 바깥으로 걸어 나오지 않을지라도 실망하지 말라.

자, 이제 다시 그대가 갈 길을 살펴보고, 그대가 치러야 할 전쟁의 본질을 아로새기라.

그대여, 그대가 원하는 세상은 이룰 수 있고, 엄연히 존재하며, 현실 그 자체다. 그것은 그대의 것이다.

기회를 잡으라! 인생의 어디에나 기회는 있다.
가장 멀리 가는 자는 기회가 생기면 과감히 행하고 적극적으로
실천하는 사람이다. '확실성'이라는 배는 알고 보면 항구에서
그리 멀리 떨어지지 않은 곳에 있다.

데일 카네기 Dale Carnegie

~

크게 생각하라. 큰일은 크게 생각하는 사람들에게 일어난다. 작은 것만 생각하는 이들에게는 큰일이 일어날 수조차 없다. 그대는 그대가 원하는 사람이 될 수 있다. 그것은 얼마든지 가능하다. 그대는 이 사실을 불가능의 생각이라는 호랑이 우리에서 풀려나는 즉시 발견할 수 있다. 신이 인간을 위해 계획한 아름다운 인생을 발견하려는 이 대단한 모험의 대장정에 함께 참여하라. 활기 넘치고, 열광적이며, 젊고, 가능성의 사고를 지닌 이들이 넘실대는 인파에 함께 합류하라.

_ 로버트 슐러 Robert Schuller

하늘을 수놓은 무수한 별빛 아래 우리는 얼마나 많은 길을 자신에게 채찍을 가하면서 마지막 비밀 한 자락까지 알아내려고 찾아 헤매는가? 여행은 어렵고 광대하고 때때로는 불가능하다. 그러나 그런 어려움이 우리의 여행길을 방해하거나 말리지는 못한다. 우리는 쓰러질 때까지 탐구와 탐험을 계속할 것이다. 하지만 겸허히 수용해야 할 점은 한 인생에 그 모두를 다 볼 수는 없고, 알고 싶은 것을 다 배울 수는 없다는 사실이다.

_ 로렌 아이즐리 Loren Eiseley

~

세상이 더 좋아지는 이유는 모욕감을 느끼고 흉터투성이인 자가
마지막 남은 용기의 밑바닥까지 퍼올려서
도저히 닿을 수 없는 별에 도달하려고
끝까지 혼신의 노력을 다하기 때문일 것이다.

조 대리언 Joe Darion

느린 레인에서 나와 빠른 레인으로 옮기라. 할 수 없다고 생각하면 할 수 없고, 할 수 있다고 생각하면 할 수 있다. 심지어 노력을 기울이는 것만으로도 어쩌면 새로운 사람으로 느끼게 하는 데 도움을 줄 것이다. 명성이란 하지 못한 것을 찾아서 함으로써 얻는다. 목표를 낮추면 지루하다. 목표를 높이면 기가 치솟는다.

_ 리처드 커 Richard Kerr

오, 인간이여!
그대가 누군지 스스로 알게 된다면
모든 위성이나 태양이나
별이 그대를 향해 두 팔을 벌릴 것이다.
그대는 위대한 인간이지 않은가!

_ 랠프 월도 에머슨 Ralph Waldo Emerson

나는 위대하다

무하마드 알리 Muhammad Ali

나는 가장 위대하다.

나는 내가 위대하다는 사실을 알기도 전에 그렇게 말했다.

나에겐 할 수 없다는 말이 통하지 않는다.

나에겐 불가능이란 말이 통하지 않는다.

나에겐 위대하지 못하다는 말이 통하지 않는다.

나는 그러면 두 배로 가장 위대한 사람이다.

부름을 따라서

8.

그대만의 특별한 재능이
빛을 발하는 곳이 어딘가에 있다.
어딘가에서 자신만의 독자성이 표현될 수 있다.
그곳을 발견하는 것은 그대의 몫이고, 그대는 할 수 있다.

데이비드 비스코트 David Viscott

~

그대가 한 일의 대가는 그대가 느끼는 만족감이고,
세상이 바라는 필요성이다. 이것으로 인생은 천국,
아니 그대가 다가갈수록 가까워지는 천국이다. 이런 일이
없다면 그대가 경멸하는 일이나 따분한 일, 세상이 필요로
하지 않는 일을 한다는 것은 한마디로 지옥이다.

W. E. B. 듀보이스 W. E. B. Du Bois

~

여섯 살 때 나는 요리사가 되길 원했고,
일곱 살에는 나폴레옹이 되길 원했다.
그 후로 나의 야망은 멈추지 않고 계속 커져만 갔다.

살바도르 달리 Salvador Dali

일이 좋아서 하는 게 아니라 돈을 벌려고 하는 사람은
돈을 벌지도, 인생의 재미를 느끼지도 못할 것 같다.

찰스 M. 슈왑 Charles M. Schwab

한번은 카운셀러에게 내 직업에 대한 상담을 했다.
그때 나는 물었다.
"신이 나를 왜 부르는지 내가 어떻게 알 수 있나요?"
그는 이렇게 말했다.
"당신의 행복으로 알 수 있지요. 신께서 당신을 불러서
그를 섬기고 당신의 이웃을 섬긴다는 생각에 당신이 행복을
느낀다면, 그것이 당신의 천직이라는 증거입니다."

테레사 수녀 Mother Teresa

내가 배우고 싶은 것은 발레였는데, 내가 배운 거라곤 온통
발레복을 입는 법뿐이었다. 그것은 내 천직의 본질이 아니었다.

엘 맥퍼슨 Elle Macpherson

자기 자신이 현실이 될 수 없다는 가능성을 지닌 채 영원 속으로
들어가는 것은 위험하다. 가능성이란 신의 암시다.
어쨌든 인간은 그것을 따라야 한다.

쇠렌 키르케고르 Søren Kierkegaard

~

인생은 원재료이고 인간은 예술가다.
인간은 자신의 존재를 아름다운 예술품으로 만들 수도 있고,
추한 것으로 망가뜨릴 수도 있다.
인생은 전적으로 인간에게 달렸다.

캐시 베터 Cathy Better

~

그대가 되고자 하는 자아를 결코 포기하지 말라.
사랑과 영감이 있는 곳이라면
그대는 결코 잘못된 자아의 길로 들어서지 않을 것이다.

엘라 피츠제럴드 Ella Fitzgerald

내가 시간을 즐겁게 보낸 방법은 대부분 춤을 추는 것이었다. 꽤 어린아이 때부터 그랬는데, 집 안을 아장아장 걸어 다닐 때부터였다. 네다섯 살이 되었을 때는 이미 나의 제국을 가졌던 것으로 기억한다. 나는 나의 정체성을 항상 이런 식으로 구축한다.

_ 트와일라 타프 Twyla Tharp

~

나는 어릴 적에 글 쓰기를 좋아했다. 그래서 나는 글을 썼다. 하지만 늘 내 머리를 떠나지 않은 것은 글쓰기란 어릴 적 놀이에 불과하고 더 크면 중단해야 할, 어린아이나 하는 행위였다는 것이다. 그냥 재미로 하는 일종의 취미로 생각했다. 나는 작가라는 직업이 실제로 존재한다고 전혀 믿지 않았다. 내가 아는 작가는 아무도 없었기 때문이다. 그런 내가 작가가 되었다는 사실을 생각하면 천직은 반드시 있나 보다.

_ 리타 도브 Rita Dove

그대가 사랑하는 일을 하라.
그대의 가슴이 노래 부르게 하는 일을 하라.
절대 돈을 위해 일하지 말라.
돈을 벌려고 일하러 나가지 말라.
즐거움을 만방에 퍼뜨리려고 일하러 가라.
천국의 궁전부터 찾으라.
그래서 때가 되면 이탈리아의 명차 마세라티가
우리를 태우려고 올 것이다.

마리안 윌리엄슨 Marianne Williamson

[맨 처음 내가 무대에 섰을 때] 저는 하나의 찻주전자였습니다. 조그만 찻주전자, 짤막하고 뚱뚱한 찻주전자였지요. 여기가 손잡이였고, 이곳이 주둥이였죠. 저는 주전자처럼 계속 머리를 숙였습니다. 로봇처럼 머리를 숙였어요. 할 수 없이 스태프들이 저를 무대에서 끌어내려야 했습니다. 그래도 나는 계속 절만 해댔습니다. "감사합니다. 감사합니다. 감사합니다."
여러분, 중요 인물들은 모두 사라졌습니다. 타고난 엉터리 배우, 그것이 바로 원래의 저랍니다.

_ 우피 골드버그 Whoopi Goldberg

내 생각에는 그대가 할 수 없다는 것을 아는 것이
할 수 있다는 것을 아는 것보다 더 중요하다.
할 수 없는 것을 알면 해야 할 것을
잘 알게 되기 때문이다.

루실 볼 Lucille Ball

~

그대의 재능을 감추지 말라. 이미 그 재능이 소용될 곳이
만들어졌다. 그늘진 곳에서 해시계 바늘이 무슨 소용이란 말인가.

벤저민 프랭클린 Benjamin Franklin

~

인간의 가장 큰 실수는 다른 사람들을 위해 일할 수 있다고
믿는 것이다. 모두 자신을 위해서인 것을 모르고.

나슈아 카발리에 Nashua Cavalier

~

진정한 기쁨은 안락이나 부유함이나 남들의 칭찬에서부터
나오는 것이 아니라 가치 있는 무언가를 하는 데서 비롯된다.

피에르 코르네유 Pierre Corneille

그것을 즐기려고 일하라.

돈은 나중에 도착할 테니 걱정일랑 접어두자.

로니 밀샙 Ronnie Milsap

~

나는 잠에서 깨자마자 이렇게 말한다. "너는 게으름뱅이다.

오늘 하루 나가서 가치 있는 일을 해라."

가스 브룩스 Garth Brooks

~

신은 인간들이 사용하지 않기를 바라는 재능을

인간들에게 주지 않았다.

인간들이 변종을 억지로 만들었을 뿐이다.

〈아이언 이글 Iron Eagle〉 중에서

고결한 위대함

그렉 앤더슨 Greg Anderson

그대는 본디 위대함을 지니고 태어났다. 생의 사명감을 가진다는 것은 세상이 그대를 필요로 한다는 뜻이다. 사실 그대가 놀라운 경험을 하나둘 쌓아서 세상의 필요를 충족시킬 수 있도록 세상은 그렇게 쭉 그대를 준비시켜왔다. 그대의 잠재력을 발견하고 그 잠재력을 키워가는 과정이 바로 인생의 가장 이상적인 경험으로 인도할 것이다.

이 사실을 믿으라. 그대에게 부여된 사명이 있다. 그것은 그대 자신의 위대함을 여는 관문이다. 그대가 위대함을 지니고 태어났다는 사실을 믿기 어려울지도 모른다. 그러나 엄연한 사실이다. 그대는 자기 성격의 장엄함을 개발시킬 능력을 충분히 갖추고 있다. 그대에게는 자기애의 능력이 있고, 사랑으로 봉사할 수 있다. 그 사랑이 바로 가장 고결한 위대함이다.

처음에 나는 무하마드 알리가 되려고 했다.

나는 링 위에 올라가 싸워야 했고,

그러고는 코치에게 엉덩이를 걷어차였다.

그래서 나는 다른 인물이 되어야겠다고 생각하게 된 것이다.

케네스 에드먼즈 Kenneth Edmonds

~

사람들이 천직이라 부르는 것이 바로 이런 것인가?

가슴속엔 불이 타오르고, 몸속에는 악동이 있어서 일하는 것을

마치 즐겁게 노는 것처럼 하는 것인가?

조세핀 베이커 Josephine Baker

~

우리는 영혼의 부름에도 귀를 기울여야겠지만 부르지 않는 것에도 신경을 써야 한다. 운명의 여신은 우리가 지구상에 태어나서 제각기 해야 할 일에 대해 매우 세심하고도 특수한 생각을 이미 다 정리해둔 것 같다. 그러니 우리의 원대한 임무를 채우는 것은 항상 영혼의 부름이 있는 방향이요 다른 길이 결코 아니니, 괜히 부르지도 않는 길에 부주의하게 정신이 팔리지 말아야 한다.

_ 다이앤 스카프테 Dianne Skafte

축복받은 사람은 그의 할 일을 찾은 사람이다.
그 외의 영광을 바라면 영광은 사라진다.

토머스 칼라일 Thomas Carlyle

여러분의 운명이 무엇인지 나는 모른다.
하지만 딱 한 가지는 알고 있다. 여러분 중에 진정 행복한
사람은 어떻게 봉사할지에 대한 해답을 찾아 헤매다
마침내 그것을 발견한 사람이다.

알베르트 슈바이처 Albert Schweitzer

일에 대해 심대한 목적을 가진다는 것,
우리 자신보다 더 큰 목적을 품는다는 것은
인생을 더욱 의미심장하게 만드는 비밀의 열쇠다.
그러면 일개 개인의 의미와 가치는 개인의 영역을 뛰어넘고
죽음마저도 초월한다.

윌 듀런트 Will Durant

인간이 어떤 일을 해야 가장 의미 있는 삶을 살게 되는지를
아는 것이야말로 가장 먼저 해결해야 할 문제다.

토머스 칼라일 Thomas Carlyle

역사를 바꿀 만큼 위대한 자는 거의 없지만,
우리 각자는 우리가 하는 일을 통해서 역사를 이루는 사건들의
일정 부분이나마 변화시킬 수가 있다.

로버트 E. 케네디 Robert E. Kennedy

일을 하지 않으면 모든 인생은 녹슬게 된다. 그런데 영혼이 담기지
않은 일은 인생을 질식시키고 죽음으로 몰아간다.

알베르 카뮈 Albert Camus

되기 위해 일하라. 가지기 위해 일하지 말라.

엘버트 허버드 Elbert Hubbard

모든 천직은 위대하다.
위대한 마음으로 추구할 때 모든 천직은 위대하다.

올리버 웬들 홈스 Oliver Wendell Holmes

~

세상은 자기 자신이 어디로 가는 줄 아는 사람에게만
길을 열어준다.

랄프 월도 에머슨 Ralph Waldo Emerson

~

사람들이 직업에 대해 행복을 느끼려면 세 가지가 필요하다.
그 직업에 적성이 맞아야 하고, 그 일에 너무 전력을
다해도 안 되며, 그 일에 일종의 성취감을 맛봐야 한다.

존 러스킨 John Ruskin

내 생각에는 단지 살기 위해 직업을 가지는 사람, 다시 말해서 돈 때문에 직업을 가지는 사람은 스스로 자기 자신을 노예로 만드는 것이나 마찬가지다. 속담에도 이런 현명한 말이 있지 않는가. "그대의 취미를 벌이의 원천으로 삼으라." 그렇다면 애당초 일이라는 것은 없다. 애초에 일을 해서 지쳤다는 말은 존재하지 않는 것이다. 그것은 나의 경험에서 나온 진심이다.

나는 처음부터 내가 하고 싶은 일을 했다. 처음에는 약간 용기가 필요하다. 아니, 이 세상에 자기가 하고 싶은 일을 하게 하면서 돈을 주는 곳이 어디 있으랴. 많은 계획이 그대 앞에 널려 있지만, 그 일을 발생케 해야 하는 사람은 바로 그대 자신이다.

젊은이들이 인생에서 의미 있는 일을 하려는 용기를 가지는 것은 내가 보기에 매우 중요하다. 단지 돈을 벌기 위해서 직업을 선택하지 않는 것은 매우 중대한 일이다. 하지만 이것은 상당한 심사숙고를 요하는 것이며, 매우 사려 깊은 계획이 필요하다. 게다가 금전적 성취나 안락한 생활은 일단 보류해야 한다. 하지만 최종적인 결과는 비교할 수 없는 기쁨으로 넘치는 사람이 된다.

_ 조지프 캠벨 Joseph Campbell

나는 사람이 살기 위해 일하려고 태어났다는 말을 믿지 않는다.
나는 사람이 자기가 하고 싶은 일을 위해 산다는 말을 믿는다.

레스 브라운 Les Brown

~

대학 시절에 많은 친구가 장차 졸업 후에 무슨 직업을 가질 것인가에 대해 많은 이야기를 나누었던 것을 나는 기억한다. 나는 생각했다. '제기랄! 나는 직업을 갖고 싶지 않아. 도대체 재미가 있어 보이지 않는걸? 나는 지금까지 재미를 누리며 살아왔고, 앞으로도 이 재미있는 인생을 버리고 싶지 않단 말이야.' 그래서 나는 이렇게 말했다. "어디 빈둥빈둥 돌아다니면서 재미있게 살 수 있는 직업 없나?"

_ 제리 사인펠드 Jerry Seinfeld

~

많은 사람이 행복의 구성요건에 대해 잘못된 생각을 하는 것 같다. 행복은 자기만족만으로는 절대 이루어지지 않고 가치 있는 목적을 위한 충실함을 통해 이루어진다. 물론 그 가치의 기준은 자신이 내려야 하므로 더욱더 행복과 목적은 이음동의어다.

_ 헬렌 켈러 Helen Keller

자기 자신에게보다 다른 사람에게 봉사하는 것이
더 친절하다는 사실을 아직 인식하지 못한 사람은
진정한 정신적 성년이 되었다고 인정할 수 없다.

우드로 윌슨 Woodrow Wilson

인간이 무언가가 되겠다는 결심을 하지 않고 그 대신 어떤 사람이 되겠다고 결심하는 순간, 인간이 얼마나 많은 배려심을 상실하는가를 보는 것은 정말이지 경악스러울 지경이다. 누구를 위해 무언가가 되겠다는 수단이야말로 가장 위대한 어떤 사람이 되는 첩경인데도 말이다.

_ 코코 샤넬 Coco Chanel

인간의 첫째 임무는 진정한 직업을 찾는 것이고,
그 후엔 그 일을 열심히 하는 것이다.

샬럿 퍼킨스 길먼 Charlotte Perkins Gilman

먹고살기 위해서 우리는 사는 것을 잊어버린다.

마거릿 풀러 Margaret Fuller

그 누구도 여러분의 평생직업이 무엇인지 알 수 없습니다.
중요한 것은 여러분 자신이 찾아야 한다는 것이죠.
여러분 자신에 대해 알고 있는 부분이 많을 것입니다.
그 부분을 확고히 다지십시오. 그것이 천직이니까요.

크리스토퍼 차일드 Christopher Child

살아 있음을 느끼게 하는 재미는 여러분에게 재능이 있고, 그 재능을 매일 사용할 수 있어 그 재능이 나날이 커가는 것을 깨닫는 일이다. 재능이 있는데 그 재능의 반만 쓰고 만다면, 그는 절반은 이미 실패하고 있는 것이다. 재능이 있고 그 재능을 100퍼센트 활용할 줄만 안다면, 영광스러운 성공이 뒤따른다. 게다가 거의 아무도 아직 모르는 만족과 승리를 얻을 것이다.

토머스 울프 Thomas Wolfe

현명한 단념

엘리너 루스벨트 Eleanor Roosevelt

이것은 당신의 인생이지 남의 인생이 아니다. 중요하다는 감정은 당신이 느끼는 것이지 남들이 말해서 느끼는 게 아니다. 조만간 당신은 어느 때나 주위 모든 사람을 다 만족시킬 수는 없다는 사실을 발견하게 되어 있다. 그들 중 몇몇은 당신이 꿈도 꾸지 못한 동기를 당신 덕분이라고 생각할 것이다. 그런데 그들 중 다른 몇몇은 당신의 말이나 행동을 전혀 이해하지 못해 당신으로 하여금 '저들은 외계인이 아닌가' 하고 생각하게 만들 것이다. 그러니 현명하게 미리 모든 사람이 당신이 하는 말을 알아듣게 하고 당신이 하는 행동을 이해하게 만들려는 노력은 단념하는 편이 낫다.

중요한 점은 다음 사실만 확신하는 것이다. 즉, 가족이든 친구든 당신을 사랑하는 사람들은 당신이 그들을 이해시키려고 하는 만큼 그들도 당신을 이해하려고 노력한다는 점 말이다. 그들이 당신을 믿는다면, 그들은 당신의 행동과 말의 동기를 이해하게 될 것이다.

그렇다고 그 누구와 당신의 모든 것을 함께하려는 생각이나 기대는 접어두는 게 현명하다. 되도록 그런 노력은 삼가라. 그런 만장일치의 상태에까지 도달하려다 자칫하면 당신 자신의 고유성과 정체성을 잃을 위험에 처할지도 모르기 때문이다.

나는 언제나 인생의 어떤 길을 가고 싶은지를 알고 있었다.
그 어떤 것도 나의 길을 막지 못할 것이다.
이것이 나의 목적이다. 그 목적이 펼쳐질 것이다.

타이거 우즈 Tiger Woods

행복으로 가는 길에는 두 가지 간단한 원칙이 있다.
첫째는 그대가 하고 싶은 것과 그대가 남보다 뛰어난 것을 알아내는 것이다. 둘째는 영혼의 밑바닥까지 다 드러내어 그 일에 모두 퍼붓는 것, 그대가 지닌 마지막 한 방울의 에너지와
야망과 타고난 능력을 소진하는 것이다.

존 D. 록펠러 3세 John D. Rockefeller III

내가 싫어하는 것에서 이기는 것보다
내가 좋아하는 것에서 지는 쪽을 나는 택하겠다.

조지 번즈 George Burns

50년을 살면서 어느 날 불현듯 나에게 어떤 생각이 밀려들었다. 인간이 할 수 있는 가장 의미심장한 일은 일하러 나간다는 것이라는 생각이었다. 고상한 일을 하러 나가든, 집단농장에 나가든, 누군가의 이를 뽑아주려고 나가든 그런 일을 하러 나가는 것이 인간이 할 수 있는 가장 고귀한 행위라는 생각이 내내 나를 숙연하게 만들었다.

_ 토머스 맥관 Thomas Mcguane

젊은이들이 나에게 장차 어떤 인생길을 가고 싶은지 그들 자신도 모르겠다고 하소연할 때, 내가 설명하는 것은 가장 먼저 그들이 인생이란 무엇인가에 대해 알아내는 데 정신을 집중해야 한다는 점이다. 어떤 젊은이들은 그들에게 적합한 길을 찾기 전에 여러 방향으로 뻗은 길을 망설임 없이 모두 겪어봐야 한다. 이 점에 대해선 이견의 여지가 없다고 나는 믿는다. 저절로 굴러들어 온 길이 아니라면 스스로 이리저리 샅샅이 찾아야 한다는 것이 나의 지론이다.

_ 조이스 브라더스 Joyce Brothers

인생은 어차피 살게 되어 있다. 그래도 사는 것이 참기 힘들다면, 자신의 흥미를 돋울 수 있는 어떤 다른 길을 힘들여서라도 한시바삐 찾는 편이 낫다. 자신이 자신을 가장 잘 알기 때문이다. 그리고 제발 멍하니 앉아서 사방을 두리번거리며 자신에 대해 계속 궁금해하는 짓은 그만두어야 한다.

_ 캐서린 헵번 Katharine Hepburn

~

여기저기 돌아다니면서 세상이 당신을 먹여 살려야 할

빚을 지고 있다는 헛소리 좀 그만하라.

세상이 당신에게 무슨 빚을 졌는가?

당신의 첫 번째 오판이 여기에 있다.

마크 트웨인 Mark Twain

~

스물네 살 이후 내게는 신께서 부여하신 나의 임무에 대한 이상과

계획을 조금도 이상하게 생각할 모호함이라곤 없었다.

플로렌스 나이팅게일 Florence Nightingale

돈부터 먼저 벌려고 시작하는 것은 인생의 큰 실수다.
그대가 생각하기에 잘한다고 확신이 드는 일에 먼저 뛰어들라.
생각대로 일을 잘하게 되면 굳이 원하지 않아도
돈은 따라오게 마련이다.

그리어 가슨 Greer Garson

~

그대가 실패하게 될지라도
최소한 그대가 흥미를 느끼는 것이어야 한다.

실베스터 스탤론 Sylvester Stallone

~

우리가 제각기 타고난 능력을 힘껏 쏟는다면
이 지구상에서 성취 가능한 가장 위대한 성공과 행복을 얻을 수
있다는 것은, 아주 평범한 사실이면서도 진리다.

스밀리 블랜톤 Smiley Blanton

인간이 헤치고 들어갈 수 있는 길 중에는 단 한 순간이라도 가장 좋은 길이 반드시 놓여 있다. 지금 당장이라도 모든 일 중에서 인간이 해야 할 가장 현명한 선택은 길을 찾고, 그 길로 들어가는 것이다. 그것은 진정으로 인간을 위해 필요하다.

_ 토머스 칼라일 Thomas Carlyle

일work이란 넉 자로 된 단어다. 그 넉 자의 단어를 '따분'으로 읽느냐, '사랑'으로 읽느냐는 전적으로 우리 자신에게 달려 있다. 대부분의 일이 따분한 이유는 일이 우리의 영혼을 꽃피우게 하지 않기 때문이다. 열쇠는 우리 가슴을 믿고 우리의 재능이 번창할 수 있는 쪽으로 움직이게 하는 것이다. 일이 '영혼이 즐겁다'는 뜻으로 표현될 때, 이 낡은 세계는 그야말로 핑핑 돌게 될 것이다.

_ 알 사하로프 Al Sacharov

멀리 내다보며 시선을 고정하는 사람이
그만의 올바른 길을 찾게 될 것이다.

다그 함마르셸드 Dag Hammarskjold

인간은 누구나 자신만의 운명을 타고났다.
유일한 명령이 있다면, 그 운명을 따르고 어떤 곳으로
이끌든 운명에 순응하라는 것이다.

헨리 밀러 Henry Miller

모든 인간에게는 우리 내면에서 진리의 목소리가
울리기를 기다리고 기대하는 마음이 있다.
이것이 바로 우리를 이끌 안내자다.
만일 그 소리에 귀를 닫아버린다면 그런 사람은
평생을 남이 매단 사슬에 질질 끌려다녀야 할 것이다.

하워드 서먼 Howard Thurman

인간이라면 해야 할 일이 있다. 이행해야 할 의무가 있다.
끼쳐야 할 영향력이 있다. 그 영향력은 유일하게 자신만의 것이며,
자신 이외의 양심은 가르칠 수 없다.

윌리엄 엘러리 채닝 William Ellery Channing

인간 세상은 불완전하다. 인간을 움직이게 하는 것이
바로 인간의 열정이라는 사실을 알게 될 때까지는.
그때까지는 아무도 우리를 부르는 소리를 들을 수 없다.
우리는 그 소리에 귀를 기울여야 하고,
스스로 그 부름에 따라 행동해야 한다.

리처드 J. 라이더 Richard J. Leider

~

여러분이 현재 가진 것으로, 현재 여러분이 있는 곳에서,
여러분이 할 수 있는 것을 하라.

시어도어 루스벨트 Theodore Roosevelt

~

성공하려면 가장 먼저 해야 할 일은 일과 사랑에 빠지는 것이다.

메리 로레타 Mary Lauretta

~

천성이 천직과 잘 어울리는 사람들은 행복한 사람들이다.

프랜시스 베이컨 Francis Bacon

우리가 우리 자신이 만든 이상형이나 다른 사람들의 모델을 따르려는 노력을 중단할 때 비로소 우리만의 고유한 천재성의 본질을 발견하게 되고, 우리 자신이 되는 법을 배우게 될 것이며, 우리의 원래 채널이 열리는 것을 허용하게 될 것이다.

_ 삭티 거웨인 Shakti Gawain

~

지상에서 가장 고상한 질문은 이것이다.
이 지구상에서 내가 어떤 선善을 행할 것인가?

벤저민 프랭클린 Benjamin Franklin

~

인생에서 가장 매력적인 것은 바로 당신의 일, 그것이다.

파블로 피카소 Pablo Picasso

자신이 하는 일이 어떤 일인지 알지도 못하는 사람, 아무 일도 하지 않아 세상과 단절된 사람, 세상 속으로 들어가지도 않는 사람이 가장 불행한 사람이다. 왜냐하면 일이란 그 자체로 인류를 괴롭히는 만성질병과 비참한 인간성의 치유에 대단한 약효를 발휘하기 때문이다.

_ 토머스 칼라일 Thomas Carlyle

~

당신의 영혼을 위해 일하라.

에드거 리 매스터스 Edgar Lee Masters

~

'사람들은 자기가 흥미를 느끼는 일에 최선을 다한다'는
공식의 신봉자가 바로 나다. 여러분이 즐거움을 느끼지 못하는 데
탁월함을 보인다는 것은 매우 어려운 일이다.

잭 니클라우스 Jack Nicklaus

여러분은 항상 일을 한다는 것은 저주받은 것이고 노동은 불행이라는 말을 들어왔습니다.
그러나 저는 감히 말합니다. 여러분이 일할 때, 그때는 지상에서 가장 머나먼 꿈의 한 부분을 충족시키는 행위이고, 그 꿈이 태어났을 때 여러분에게 할당된 부분을 이행하는 숭고한 행동이라는 것입니다. 그리고 여러분이 노동과 함께함으로써 여러분은 진실로 인생을 사랑하게 되고, 노동을 통해 인생을 사랑한다는 것은 인생의 가장 깊숙이 자리 잡은 비밀과 친밀하게 지내게 된다는 것입니다.

_ 칼릴 지브란 Kahlil Gibran

~

모든 인간에게는 지상에서 차지할 자리가 있다. 모든 인간은 꼭 어떤 면에서든 중요한 역할을 한다. 인간이 그 중요함을 받아들이든 그러지 않든 말이다.

_ 너새니얼 호손 Nathaniel Hawthorne

나는 시인이 일꾼이라고 생각한다.
셰익스피어도 역시 일꾼이라고 생각한다.
심지어 신도 마찬가지라고 생각한다.
일꾼보다 더 좋은 직업이 없다고 나는 생각한다.

로렌스 올리비에 Laurence Olivier

~

자기 자신에게 적합한 일을 찾아내는 것,
그리고 그 일을 할 기회를 가지는 것이 행복의 열쇠다.

존 듀이 John Dewey

~

먹고살려고 자신이 싫어하는 일을 하며 사는 사람들은
일주일에 하루만 일하는 조건이라도 행복하지 못하다.

듀크 엘링턴 Duke Ellington

내면의 부름과 열정

조지 루카스 George Lucas

지금 나의 길을 되돌아볼 때, 만일 내가 예술학이나 인류학을 공부하며 머물렀어도 나는 다시 영화로 돌아와서 끝을 봤을 것이다. 어떤 방향으로 나를 몰고 갔더라도 나는 더 적극적으로 영화로 정점을 찍었을 것이다.

대개 그렇듯이 나는 내면의 부름과 열정을 그대로 따랐다. 그리고 말했다.

"나는 이것을 좋아한다, 나는 정말 이것이 좋다."

그래서 나는 줄곧 점점 더 따뜻해지는 쪽으로 계속 향했고, 마침내 뜨거워질 때까지 그렇게 계속 나아갔다. 뜨거워졌을 때, 그곳엔 반드시 내가 있었다.

우리의 가슴이 말하는 것을 듣는 법을 굳이 따로 배워야 하는 사람은 아무도 없다. 그런데 우리에게 필요한 것은 바로 우리를 인도할 안내자다. 안내자는 우리의 감정을 그대로 따르기 위해 용기를 갖게 하는 법을 알려줄 것이고, 틀림없이 우리 가슴의 말에 따르기 위해서는 어떤 경우든 우리 삶의 방식을 바꾸라고 요구할 것이기 때문이다. 하지만 정반대로 우리가 가슴의 안내자가 하는 말을 귀담아듣지 않는 경우를 상상해보라. 낙담, 혼동, 그리고 우리가 우리 삶의 진실한 길 위에 있지 않고 단지 멀리 떨어져 그 길을 바라보고만 있다는 사악한 느낌을 상상해보라.

_ 캐롤라인 미스 Caroline Myss

~

그대여, 즐겁게 일하라. 그림과 노래와 조각을 즐기라.
그대가 사랑하는 일을 하라, 비록 몸은 허기질지라도.
영광을 위해 일하는 자는 목적을 상실하고
일 자체만을 위해 일하는 자도 마찬가지일 터이니,
차라리 그대가 그 일을 즐기면서 하는 편이 낫지 않은가.

케년 콕스 Kenyon Cox

내가 알고 있는 것은 다음과 같다. 만일 그대가 사랑하는 일을 한다면, 그대를 충족시키는 일을 한다면 휴식이 올 것이다. 그대가 길 위에 있는 이유는, 그대가 직업을 가졌다면, 단지 일한 대가를 돈으로 지불받기 위해서가 아니라 성공하기 위해서다. 그래서 나는 이 직업을 누가 뭐라고 하든 택할 것이다. 그러고는 이 일을 한다고 아무도 돈을 주지 않을 경우 호구지책으로 보조 직업을 가질 것이다. 단지 그 일을 할 기회를 얻기 위해서 돈을 버는 것일 뿐이다. 바로 이것이 당신이 올바른 길을 가고 있는지를 정확히 판단하게 해주는 실제 상황이 된다.

_ 오프라 윈프리 Oprah Winfrey

여러분이 인생에서 진정으로 찾아야 할 것은 여러분이 좋아하는 것과 여러분이 잘하는 것, 이 두 가지다. 그래서 여러분이 그 두 가지를 하나의 능력으로 묶어 일체화할 수 있다면, 그렇다면 여러분은 올바른 길에 들어섰으니 페달을 강하게 밟아야 한다.
일단 여러분이 좋아하고 여러분이 잘하는 것이 있다면, 그다음에는 힘껏 그것의 가치를 위해 전념해야 한다. 그 분야의 최고가 되어야 하고, 될 수 있다. 다만 어떤 것도 여러분을 저지하지 못하게 하라. 그 무엇도 여러분의 길을 막지 못하게 하고 계속 전진, 전진, 전진해 나가야 한다.

_ 콜린 파월 Colin Powell

~

열정을 가지고 그대의 부름(천직)을 사랑하라.
그것이 바로 여러분이 살아가는 의미다.

오귀스트 로댕 Auguste Rodin

내 나이 다섯 살 적에 나는 침대 위에 누워 라디오를 들으며 라디오를 타고 함께 다니고 싶었다. 이유는 모르겠지만, 나는 거의 마술에 홀린 듯 라디오에 동화되었다. 나는 라디오에서 나오는 여러 목소리에 열심히 귀를 기울였다. 그리고 더 자라서 일고여덟 살이 되자 라디오에서 하는 것을 나 혼자 하는 상상을 하곤 했다. 실제로 섰다가 앉았다가 몸을 움직였으며, 거울 앞에 서서 이렇게 말했다. "헬렌 트렌트의 로맨스 시간입니다." 마치 내가 아나운서가 된 것 같았다. 그리고 야구장에 가서는 점수 기록표를 돌돌 말아 가지고 뒷자리 뒤에 서서 나 혼자 열심히 그 게임을 중계하곤 했다. 내 친구들은 모두 나를 이상한 눈빛으로 빤히 올려다보았다. 나는 방송자가 된 듯한 몽상에 나도 모르게 빠져들었다.

_ 래리 킹 Larry King

만일 내가 누군가의 꿈을 사라지지 않게 막아준다면
만일 내가 아픈 생명의 고통을 덜어준다면
또는 심한 열병을 가라앉혀준다면
나는 헛되이 살지는 않았으리라

아니면 기절하는 로빈 후드를 도와주고
다시 그의 안식처로 데려가준다면
나는 헛되이 살지는 않았으리라

에밀리 디킨슨 Emily Dickinson

나는 나입니다

에이미 여키스 Amy Yerkes

나는 건축가입니다. 나는 견고한 재단 학교를 지었습니다. 해마다 나는 그 학교에 가서 지혜와 지식의 또 다른 마루를 새로 깔아줍니다.

나는 조각가입니다. 나는 선과 악의 비율에 따라 나의 도덕과 철학을 조각하였습니다.

나는 화가입니다. 내가 표현하는 각각의 새로운 아이디어로, 세상의 온갖 색깔 속에서 나는 새로운 모습을 그립니다.

나는 과학자입니다. 날마다 나는 새로운 정보를 모으고, 중요한 관찰을 하고, 새로운 개념과 아이디어로 실험합니다.

나는 점성술사입니다. 매번 새로운 사람과 대면하며 그들의 생명선을 읽고 분석합니다.

나는 우주 비행사입니다. 끊임없이 탐험하며 나의 영역을 넓혀갑니다.

나는 의사입니다. 나는 나에게 진찰을 받으려고, 상담하려고 찾아오는 사람들을 치료합니다. 그리고 생기 없는 사람에게 생기를 불어넣습니다.

나는 변호사입니다. 나는 나 자신과 타인들의 당연하고도 기본적인 권리를 변호합니다.

나는 경찰관입니다. 나는 항상 사람들의 복리를 위해 감시하고, 현장에서 싸움을 막고 평화를 유지하기 위해 노력합니다.

나는 교사입니다. 나의 사례들을 통해 학생들은 결단과 헌신, 그리고 고된 노력의 중요성을 배웁니다.

나는 수학자입니다. 정확한 해결책으로 내가 부딪히는 각각의 문제를 확실히 풀어냅니다.

나는 탐정입니다. 내 두 개의 렌즈를 통해 주변을 살피고, 인생의 신비에 대한 의미와 중요성을 찾습니다.

나는 배심원의 일원입니다. 나는 모든 이야기를 듣고 이해한 뒤에만 다른 사람들과 그들의 상황을 판결합니다.

나는 은행원입니다. 고객들의 신용과 가치를 고객들과 공유하며 이익을 남깁니다.

나는 하키 선수입니다. 상대방의 공격을 잘 막고, 나의 골을 막으려는 자들을 피합니다.

나는 마라토너입니다. 에너지로 가득 차고, 항상 달리고, 새로운 도전을 준비합니다.

나는 등반가입니다. 느리지만 확실하게 산 정상에 오릅니다.

나는 줄타기 곡예사입니다. 신중하면서도 사뿐사뿐 몰래 모든 위험한 시간을 통과하며 나 자신을 이동시킵니다. 그러나 마지막은 항상 안전하게 끝냅니다.

나는 백만장자입니다. 사랑과 신의와 동정심이 풍부하고, 지식과 지혜와 경험, 그리고 가치 없는 것을 볼 줄 아는 통찰력의 부富를 소유하고 있습니다.

가장 중요한 것은, 나는 나입니다.

세상을 향해
나아가는 너에게

초판 1쇄 인쇄 2024년 4월 9일
초판 1쇄 발행 2024년 4월 15일

엮은이 권민식
펴낸이 한익수
펴낸곳 도서출판 큰나무
등록 1993년 11월 30일(제5-396호)
주소 (10424)경기도 고양시 일산동구 호수로430길 13-4
전화 031 903 1845
팩스 031 903 1854
이메일 btreepub@naver.com
블로그 blog.naver.com/btreepub

값 16,800원
ISBN 978-89-7891-409-3 (03840)